Kurt Lehmkuhl: Tödliche Recherche

AF199641

Kurt Lehmkuhl

Tödliche Recherche

Kriminalroman

Bibliografische Information der Deutschen Nationalbibliothek: Die Deutsche National- bibliothek verzeichnet diese Publikation in der Deutschen Nationalbibliografie; detail- lierte bibliografische Daten sind im Internet über www.dnb.de abrufbar.

Dieser Roman wurde 1997 im Meyer & Meyer Verlag, Aachen erstmals veröffentlicht. Der Abdruck erfolgt mit freundlicher Genehmigung des Gmeiner-Verlags, Meß- kirch. Er veröffentlicht diesen Roman in seiner Reihe „E- Book only", ISBN 978-3-7349-9394-7.

©2020
Herstellung und Verlag: BoD – Books on Demand, Norderstedt.
ISBN 9783750406919

Dienstag, 5. November

Jakob Müller hatte schon viel gesehen im und am Schloss Burgau im Burgauer Wald am Ortsrand von Niederau. Den erfahrenen Mitarbeiter des Grünflächenamtes der Stadt Düren konnte anscheinend überhaupt nichts mehr aufregen, er hatte an diesem scheinbar so friedlichen und idyllischen Flecken allerlei mitgemacht: etwa geköpfte oder strangulierte Schwäne oder Enten, die nachts mit Pfeil und Bogen oder Luftgewehr aus dem Wassergraben gejagt und gequält worden waren. Auch die zertrampelten Blumenbeete und die umgeknickten, frisch angepflanzten Bäumchen hatte er in seiner langjährigen pflegerischen Arbeit am Schloss Burgau schon zu oft miterlebt, um sich darüber überhaupt noch aufzuregen. Die Menschen lernen halt nie dazu, hatte sich der im Dienst ergraute Mann zur Lebensmaxime gemacht, die können nicht anders, die haben keine Kinderstube und kennen weder Respekt vor dem Eigentum anderer noch Hochachtung von der Natur.

Er machte in solchen Fällen von Vandalismus eine sachliche Meldung an seinen Vorgesetzten im Dürener Rathaus und betrieb unaufgeregt Schadensbehebung. Damit war für ihn der

Dienstweg eingehalten, dann hatten sich andere darum zu kümmern. Er konnte sich nicht erinnern, dass jemals einer der Zerstörungswütigen zur Rechenschaft gezogen worden war oder für den Schaden bezahlen musste.

Müller genoss es trotz allem, am Burgauer Wald zu arbeiten. Er hatte das Schloss noch als Ruine gekannt, die nach dem Krieg langsam verfiel, bevor sich aus der Niederauer Schützenbruderschaft Sankt Cyriakus ein Freundeskreis „Rettet Burgau" gegründet hatte, der emsig den Wiederaufbau des Schlosses betrieb. Mit viel Engagement, Eigenleistung, öffentlichen Zuschüssen und den Erlösen der Burgfeste in den vergangenen Jahren gelang der ehrgeizige Aufbauplan.

Nun strahlte das Prunkstück fast wieder im alten Glanz. Die über Jahrzehnte währenden Restaurierungsarbeiten an dem idyllischen Gemäuer standen kurz vor dem Abschluss. Jetzt konnte sich Müller darüber freuen, dieses Juwel in seiner Schönheit tagtäglich sehen zu können und er freute sich darüber, dass es wieder viele gesellschaftliche Ereignisse im Schlosssaal gab. Vielleicht würde damit auch der Vandalismus eingedämmt, wenn es häufiger Veranstal-

tungen in diesem architektonischen Schmuck-
stück gab und vermehrt Besucher kamen, um
sich umzuschauen.

Die Stadt Düren mit Bürgermeister und Stadt-
ratsmitgliedern in vorderster Linie hatte nach
dem Wiederaufbau Schloss Burgau als ihre
„gute Stube" wiederentdeckt.

Typisch Politiker, dachte sich Müller. Als gebaut
wurde, gab es nur viele vollmundigen Versprechen von den gewählten Bürgervertretern.
Man werde das Projekt der Bruderschaft tat-
kräftig unterstützen hieß es – und dabei blieb
es. Geld aus dem Rathaus hatte es für die enga-
gierten Schützen keines gegeben, wohl aber
viele Hinweise und Mahnungen, Ratschläge
und besserwisserische Empfehlungen, so dass
es schließlich in einer der drei Dürener Tageszeitungen bei einem Bericht über die Sanie-
rungsarbeiten einmal die Überschrift gegeben
hatte: „Keiner wird schlau aus Schloss Burgau".
Doch jetzt brüsteten sich Rat und Verwaltung
mit dem schönen Bau, als seien sie es gewesen,
die diese Erneuerung erst ermöglicht und dann
auch verwirklicht hätten.

Das war in den letzten Monaten so gewesen
und so würde es auch in den nächsten Monaten
sein. Daran würde sich auch nichts nach der

Kommunalwahl am vergangenen Sonntag ändern, bei der es ein überraschendes Ergebnis gegeben hatte.

Müller interessierte sich für die Wahl nur am Rande, die Politiker sind ja doch alle gleich, solange sie ihn nicht in seine Arbeit hineinpfuschten, sollten sie ruhig ihre überflüssigen Sprüche klopfen. Hauptsache, er behielt seinen Job in der Natur, bis er in einigen Jahren in den Ruhestand treten würde.

Damit war für ihn die Wahl abgehakt, er kümmerte sich wieder um seine Arbeit.

In seinem Pragmatismus konnte sich Müller zwar kurzzeitig über den immer wieder verübten Vandalismus im Burgauer Wald ärgern, aber dem Ärger folgte schnell das Handeln. Er packte dann entschieden wieder an und versuchte auf ein Neues, seinen Teil dazu beizutragen, die Schlossanlage und den Wassergraben noch schöner zu machen. Nicht jammern, anpacken, lautete seine Devise.

So rechnete Müller bei seinem routinemäßigen Kontrollgang auch an diesem Tag mit allem und mit nichts, als er den ockergelben, altersschwachen Pritschenwagen des städtischen Bauhofes auf dem Parkplatz vor dem Schloss abstellte und durch die vollständig erneuerte Vorburg über die Brücke zum mächtigen Hauptgebäude schritt.

Das kleine Café hatte an diesem kalt-nassen Novembermorgen verständlicherweise noch geschlossen. Die große Werbetafel mit dem handgeschriebenen Angebot von einem Stück Bienenstich und einem Kännchen Kaffee machte insofern wenig Sinn; wie Müller sich ohnehin über das vermeintliche Angebot wunderte. Es prangte schon seit dem Sommer auf der Tafel. Die wenigen Gäste, die in diesen Tagen überhaupt auf ein Stück Kuchen oder eine Tasse Kaffee kommen würden, waren Bewohner des benachbarten Schenkel-Schoeller-Stifts, des Altenwohn- und Pflegeheims an der Von-Aue-Straße. Die aber kamen allenfalls am Nachmittag und für die war das vermeintliche Angebot meistens auch noch zu teuer.

Müller war noch allein auf dem großen Gelände. Das war die Zeit, in der er ungestört die Ruhe und Harmonie genoss, die Natur und Schloss ausstrahlten. Gewohnheitsmäßig lehnte er sich auf der steinernen Brücke auf das gemauerte Geländer und ließ seinen Blick über den Wassergraben und die angrenzenden, jetzt viehlosen Wiesen schweifen. Es schien ihm, als würden das Schloss und die Umgebung noch schlafen und nur darauf warten, von Sonnenstrahlen geweckt zu werden. Der letzte Rest der Dunkelheit lag in der Luft, und Müller rechnete nicht damit, dass der Himmel aufreißen würde und wenigstens etwas Licht zur Erde schickte. Ein typischer Novembertrag, dachte er sich, trüb und traurig. Das Leben hatte sich verkrochen, so richtig passend für die Totengedenktage dieses Monats.

Er stockte in seiner Rundschau. Sein Blick blieb bei etwas Auffälligem haften, etwas, das nicht in die Routine passte, etwas, das die Tristesse und damit auch die Harmonie störte, etwas, das einfach nicht hierhin gehörte. Müller konzentrierte seinen Blick auf das Ufer.

Schwamm da eine Hose am Rand? Oder waren es gar Beine? Da wird doch nicht etwa..., dachte sich der Arbeiter besorgt.

Im weiten Bogen eilte er zur Fundstelle. Er musste vorsichtig sein in seinen Gummistiefeln, die tief in die matschige, grasbewachsene Uferböschung einsanken. Nicht, dass er selbst noch ausrutschte und ins Wasser fiel.

Seine Befürchtung bewahrheitete sich. Sie wurde zur grausigen Bestätigung: In der eisigen, dunklen Brühe des Grabens dümpelte ein lebloser, vollständig bekleideter Körper. Das ist wohl ein Mann, vermutete Müller erschrocken.

Das Gesicht befand sich unter Wasser, nur das dunkelblonde Haar am Hinterkopf war erkennbar. Die beiden Arme schwammen weit ausgebreitet am Körper, die Beine waren gerade ausgestreckt. Der ist tot, erkannte Müller.

Vorsichtig hangelte sich der Arbeiter die rutschige Böschung hinunter. Mit der linken Hand hielt er sich an einem kalten, kahlen Ast eines Baumes fest, mit der rechten versuchte er, nach der Leiche zu greifen. Er schaffte es, den rechten Arm zu packen, der sich kalt und hart anfühlte. Kräftig zog er daran.

Nur mit großer Mühe konnte Müller den Leblosen bewegen, ein wenig aus dem Wasser anheben und in seine Richtung ziehen. Die Leiche war unerwartet schwer, die Kleidung war vollgesogen mit Wasser.

Alleine schaffe ich es nicht, erkannte Müller. Er hatte seine Kräfte überschätzt und ließ erschöpft den Arm wieder los. Sofort sackte der tote Körper mit einem schmatzenden Geräusch zurück und nahm seine ehemalige Stellung in dem flachen Wasser wieder ein.

Müller eilte zu seinem Dienstfahrzeug und funkte atemlos sein Amt an. Polizei und Feuerwehr wurden sofort auf den Weg geschickt. Das hatte ihm noch gefehlt, dachte Müller bitter. Da waren ihm verendete Tiere oder zerstörte

Pflanzen doch lieber als ein toter Mensch. Hier konnte er nichts mehr erneuern.

Eine knappe Stunde später lag der Leichnam ausgestreckt auf einer kargen Bahre. Müller hatte frierend auf einer Bank in der Nähe sitzend beobachtet, wie die Leiche geborgen wurde. Er hatte von seinem Chef die Anweisung erhalten, sich bereitzuhalten, um der Polizei zu berichten, was ihm aufgefallen war. Aber niemand hatte momentan Interesse daran, sich mit ihm zu unterhalten. Man beachtete ihn gar nicht. Müller wunderte sich, dass das große Aufgebot von Rettungskräften und Polizisten nicht zu einer Ansturm von Schaulustigen geführt hatte. Aber vielleicht hatte die Polizei ja auch schon an der Zufahrt zum Gelände den Weg blockiert.

Einen jungen Mann hatte die Dürener Berufsfeuerwehr aus dem Wassergraben geborgen. Entschlossen waren zwei Männer in Ölzeug in das knietiefe Wasser hinein gewatet und hatten den Leichnam gepackt und scheinbar mühelos zum Ufer getragen. Nicht einmal 30 Jahre alt war der Mann, schätzte Müller, als er aus seiner abwartenden Stellung auf den toten Körper schaute. Bekleidet war der Leichnam, den die Feuerwehrleute auf einem Wachstuch abgelegt hatten, mit dem Winter entsprechender Kleidung.

„Den kenn ich doch", sagte einer der Polizisten, nachdem er den Toten interessiert gemustert hatte.

Aber seine Kollegen winkten ab. Der gehöre nicht zu unserem Kundenkreis, meinten sie.

Der Polizist blieb überzeugt. „Den kenn' ich." Doch er konnte beim besten Willen das Gesicht niemandem zuordnen.

Es schien, als schliefe der junge Mann.

„Der kann noch nicht lange im Wasser gebadet haben", vermutete einer der Grünen lakonisch zu seinem Nachbarn. „Der ist bestimmt ausgerutscht und ins Wasser gefallen. Abgesoffen ist der", meinte er.

Es war das erste Mal überhaupt in der jüngeren Geschichte von Schloss Burgau, dass aus dem Wassergraben eine Leiche geborgen wurde, sagte Müller, als sich ihm endlich ein Polizist und der Notarzt zuwandten.

„Das wird nicht die letzte sein", machte der Notarzt Müller wenig Hoffnung, dass dieses tragische Erlebnis einmalig bleiben werde. „Einer macht den Anfang und dann gibt es bald Nachahmer. Das ist immer so. Spätestens, wenn es in der Zeitung steht. Darauf können Sie sich gefasst machen. Das ist die Nummer eins."

Konrad Schramm hieß der Tote. Kriminalhauptkommissar Küpper von der Kripo Düren hatte den Personalausweis aus dem Portemonnaie des Toten gezogen. Sein erheblich jüngerer Kollege Wenzel, der für ihn eher Assistent als gleichberechtigter Kollege war, hatte die Geldbörse in der Gesäßtasche von Schramms Jeans gefunden.

„Konrad Schramm, 29 Jahre alt, wohnhaft Zollhausstraße 71 in Düren", las Küpper vor.

Er verglich das Passbild mit dem Gesicht des Toten. Auch wenn die Fotografie einige Jahre alt war, bestanden für ihn keine Zweifel. Es handelte sich bei dem Verblichenen einwandfrei um die abgelichtete Person und damit um Konrad Schramm.

„Den hab' ich schon irgendwo einmal gesehen", meinte er mit einem fragenden Blick zu Wenzel. Er ließ ihn auf den Ausweis schauen.

Doch sein Assistent reagierte schroff. Ohne auch nur kurz noch einmal zur Leiche zu blicken, erklärte er entschlossen: „Nie gesehen!"

Küpper sparte sich eine weitere Bemerkung und betrachtete mit seinem stets betrübten Blick, der ihm den Spitznamen „Bernhardiner" eingebracht hatte, den Toten. Schramm trug derbe Schuhe, eine blaue Jeans, ein kariertes Hemd unter einem dunklen Winterpullover und eine blaue, dicke Winterjacke.

Der war nicht zufällig heute Nacht hier, dachte sich Küpper. So wie der angezogen ist, war der gestern unterwegs gewesen. Und es gab auf den ersten Blick keine Anzeichen, dass der junge Mann gestoßen oder unter Gewaltanwendung ins Wasser geworfen worden war.

Etwa ein Fall für den Staatsanwalt? Natürliche Todesfolge oder unnatürlicher Tod? Ist Schramm freiwillig ins Wasser gegangen? Ist er vielleicht gestoßen worden? Oder ist er einfach nur unglücklich ausgerutscht?

Diese Frage sollten andere stellen und klären. Da war zunächst die Spurensicherung gefragt und vielleicht noch ein Pathologe.

„Soll sich doch der Staatsanwalt drum kümmern", kommentierte Wenzel emotionslos. Er sprach im Prinzip das aus, was auch sein Vorgesetzter dachte, der sich aber diplomatischer ausgedrückt hätte. Aber Diplomatie war noch nie eine Stärke von Wenzel und damit einer der Hemmschuhe beim Aufstieg auf der Karriereleiter gewesen. „Der ist tot und bleibt tot."

Teilnahmslos verfolgte der junge Kommissar, wie der tote Körper wenig zimperlich in einen

15

Zinksarg gehievt und dieser in einen Leichenwagen geschoben wurde. „Und Tschüs!"

Die Spurensuche am Fundort konnte keine aufschlussreichen Ergebnisse liefern. Küpper hatte mit diesem Ausgang der Untersuchung gerechnet. Es gab zwar niedergetretenes Gras am Ufer und auch einige abgeknickte Zweige im Bereich der Böschung. Aber diese Beobachtungen konnten eine Folge der eifrigen Bergungsbemühung von Müller oder des Einsatzes der Feuerwehr gewesen sein. Vielleicht hatte Schramm einige Spuren hinterlassen. Vielleicht stammten sie auch von einem anderen, einem Unbeteiligten. Wer welche Spuren tatsächlich verursacht hatte, ließ sich jetzt ohnehin nicht mehr klären, zumal es in den frühen Morgenstunden einen kurzen und zugleich heftigen Regenschauer gegeben hatte, durch den Küpper sogar geweckt worden war, weil die Tropfen lautstark gegen sein Schlafzimmerfenster geprasselt waren.

Es deute nichts auf Fremdverschuldung hin, meinte Wenzel zu seinem Vorgesetzten. Der zu dick beleibte und zu dünn bekleidete Wenzel fror. Seine Körperfülle, die er im Laufe weniger Jahre nach seiner Verbeamtung angenommen hatte, war der zweite Hemmschuh, der bei einer möglichen Beförderung auf die Laufbahnbremse drückte. Der Kriminalkommissar wollte vom kalten Wassergraben an Schloss Burgau endlich zurück ins warme Büro in der Polizeiinspektion an der August-Klotz-Straße und trieb Küpper zur Eile. „Hier gibt es für uns doch nichts mehr zu tun, Chef."

Küpper zögerte. Er wäre noch gerne ins benachbarte Altenheim an der Von-Aue-Straße direkt neben der Schlossanlage gegangen und hätte dort seine Mutter besucht. ‚Ich besuche sie viel zu selten', machte er sich zum Vorwurf. Aber der Kommissar ließ es bei seiner Absicht bewenden angesichts des nervenden Drängelns von Wenzel.

Der Staatsanwalt ordnete eine Obduktion der Leiche an, weil offensichtlich keine natürliche Todesfolge vorlag. Aber es würde wohl eine pro-forma-Untersuchung sein, schätzte Küpper, zumal es keinerlei Anzeichen von Gewalt gab. Eine Selbsttötung oder ein Unfall war wahrscheinlicher als das Mitwirken eines anderen oder Mord.

Keine Stunde nach dem Abtransport der Leiche aus Burgau wurde die pathologische Untersuchung schon im Keller der Städtischen Krankenanstalt an der Roonstraße vorgenommen.

„Was vom Tisch ist, ist erledigt", meinte der Operateur pragmatisch in Richtung Wenzel, der sich in einigen Abstand hinter seinem Rücken an die Wand gedrückt hatte, während er zum Skalpell griff. „Irgendetwas muss ich ja tun, bis das Ergebnis der Blutuntersuchung vorliegt." Mit einem glatten Schnitt im Genick löste der Mediziner die Haut und zog sie von hinten über den Kopf von Schramm ab. „Keine Verletzungen an der Schädeldecke", stellte er nach einem prüfenden Blick fest und klappte die Haut zurück. „Schauen wir uns mal die Innereien an", schilderte er beinahe schon frohgelaunt seine weitere Vorgehensweise.

Wenzel fröstelte, und das lag nicht nur an seiner dünnen Kleidung oder an den kühlen Temperaturen im ungeheizten Klinikkeller. Offene Leichen waren nicht sein Fall. Und es ärgerte ihn obendrein ungemein, dass immer er es war, der von der Kripo abgestellt wurde, wenn es auf Geheiß der Staatsanwaltschaft hieß, bei einer Obduktion präsent zu sein.

Das Ergebnis der routinemäßigen Untersuchung lag entsprechend schnell vor und fiel erwartungsgemäß aus: Es konnten keine Auswirkungen von außen auf den Körper des Toten festgestellt werden. Der Tod sei eingetreten durch einen Herzstillstand nach Ertrinken. Vielleicht habe auch ein Kälteschock mitgewirkt. Diese Frage konnte nach Auffassung des Experten offen bleiben.

Wie dem auch sei, nach Auffassung des Mediziners war ein Fremdverschulden nahezu mit an Sicherheit grenzender Wahrscheinlichkeit auszuschließen. Den Todeszeitpunkt gab der Arzt zwischen Mitternacht und zwei Uhr morgens am Dienstag an.

Und noch eine, seiner Meinung nach aufschlussreiche Feststellung konnte der medizinische Gutachter treffen: Schramm war volltrunken gewesen. Er musste zum Zeitpunkt seines Ablebens mehr als zwei Promille Alkohol im Blut gehabt haben.

„Der ist im besoffenen Kopp in den Graben gefallen", schloss Wenzel ohne Mitgefühl, als er in Küppers schlichtem Büro im nüchternen Betonklotz der Polizeiinspektion Bericht erstattete.

Er bestätigte damit das Urteil des Mediziners und auch des Staatsanwaltes, der wenig später ins Zimmer getreten war. „Schramm ist in volltrunkenem Zustand an der Böschung ausgerutscht, in das eisige Wasser gefallen und ertrunken", so lautete dessen Fazit, „kein Fall für die Strafverfolgungsbehörde." Unfall oder Unglück, „auf keinen Fall aber eine kriminelle Handlung."

Für den Staatsanwalt war der Fall damit abgehakt. Er freute sich auf die Tasse Kaffee, die ihm der Kommissar spendiert hatte und plauderte über die Gerichtsverhandlung am Morgen, bei der er einem Dealer zu einer mehrjährigen Haftstrafe verholfen hatte. Bevor er merkte, dass er mit seinem Gerede die Polizisten mehr von der Arbeit abhielt als sie zu halten, sprang er auf, packte sich seine Aktentasche und meinte bei seinem Abgang zu Küpper: „Jetzt bist du dran, mein Freund. Schau 'mal nach, ob Angehörige verständigt werden müssen! Die werden dir vielleicht auch sagen können, warum sich der Mann um diese nachtschlafende Zeit am Wassergraben von Schloss Burgau aufgehalten hat."

Da war sie wieder, die in der Polizeiinspektion so genannte „Stunde des Bernhardiners". Immer wurde Küpper gefragt, wenn es hieß, Familien über den Tod eines Angehörigen zu benachrichtigen. Alle Kollegen drückten sich vor dieser heiklen Aufgabe mit dem nicht vorhersehbaren Ergebnis und schoben sie nach Möglichkeit auf den Kommissar ab; auch aus der Erfahrung, die sie und er bei der Übermittlung einer Todesnachricht gemacht hatten. Küpper blickte eben wie ein Bernhardiner. Sein Blick drückte verständnisvolles Mitgefühl aus. Jedenfalls empfanden es die betroffenen Angehörigen so, wenn sie sich später über den dramatischen Zeitpunkt des Gesprächs mit Küpper erinnerten. Der fast 50-Jährige blickte immer betrübt. Küpper zeigte eine Anteilnahme, die ihm die Betroffenen als tatsächlich und nicht aufgesetzt abnahmen.

Er weigerte sich nie, diese schwere und anstrengende Aufgabe zu übernehmen, wenn ihn ein Kollege darum bat. Er beklagte sich nicht darüber. Sie gehörte nach seiner Auffassung auch zu seinem Beruf als Polizist.

Allenfalls Wenzel frotzelte über Küppers melancholischen Blick hinter dessen Rücken: „Der hat als Säugling saure Muttermilch aus Mutters Brust schlucken müssen. Das schlägt fürs ganze Leben aufs Gemüt." Seine despektierliche Haltung war ein weiterer Hemmschuh auf seinem Lauf durch den Beamtenmarathon mit dem Ziel Kriminalhauptkommissar. Doch er merkte es nicht.

Aber insgeheim war Wenzel war froh, wenn statt seiner Küpper die Kondolenzbesuche abstattete. Da war er doch lieber bei einer, wenn auch nicht gerade appetitlichen Obduktion als Beobachter zugegen.

Konrad Schramm wohnte in Birkesdorf, dem nördlich an die Dürener Innenstadt anschließenden Ortsteil, zusammen mit seiner Frau Thea, was Wenzel zu der wenig respektvollen Bemerkung veranlasste, er sei durch seinen Tod einer Scheidung zuvorgekommen, denn erfahrungsgemäß ginge ja jede zweite Ehe eh in die Brüche.

Küpper verkniff sich eine Bemerkung und sortierte die Daten. Thea und Konrad Schramm waren seit sechs Jahren verheiratet. Es gab keine Kinder. Zum Zeitpunkt der Heirat war Schramm Jurastudent, seine Frau Physiklaborantin gewesen. Sie hatte vor der Eheschließung in Langerwehe gewohnt, er in Inden. Beide waren sie in Birkesdorf zur Welt gekommen, was Küpper nicht erstaunte, immerhin war die Birkesdorfer Kinderklinik im Dürener Land bekannt und beliebt bei Gebärenden.

Die Informationen über das junge Paar hatte sich der Kommissar auf seinem eigenen, kurzen

Dienstweg aus dem Dürener Standesamt verschafft.

Und ich kenne ihn doch!, ging es ihm durch den Kopf, während ihn Wenzel im weißen Dienst-Opel über die Veldener Straße und die Neue Jülicher Straße nach Birkesdorf chauffierte. In welche Schublade konnte er Schramm bloß stecken? Der ständig über die anderen Verkehrsteilnehmer lästernde Kollege störte ihn bei seinen Überlegungen.

Auf der Zollhausstraße, der dicht bebauten Hauptzufahrtsstraße von und nach Düren in den nördlichen Stadtteil, herrschten wie fast immer tagsüber Schritttempo und Parkplatznot. Kurz entschlossen fuhr Wenzel hinter dem Haus, in dem Schramm wohnte, in eine Toreinfahrt und parkte auf einem Hinterhof, auf dem ein Kfz-Mechaniker eine Reparaturwerkstatt betrieb.

Das Haus Nummer 71 war ein schmaler, zweigeschossiger, roter Backsteinbau aus den Anfangsjahren des 20. Jahrhunderts in einer Reihe ähnlich alter Häuser. Das Erdgeschoss bestand lediglich aus einer Eingangstür und einem Wohnzimmerfenster.

Zwei Parteien wohnten in dem Mietshaus, registrierte Küpper, als der die drei Stufen zum

Eingang hochgestiegen war und auf den Klingel-
knopf drückte, der zum Namenschildchen
Schramm gehörte.

Den oft vorwitzigen und taktlosen Wenzel hatte
er wohlwissentlich im Wagen sitzen gelassen.
So wie der heute drauf war, würde der mit einer
dumpfbackigen Bemerkung jedes Trauerge-
spräch zunichtemache.

Der Kommissar war überrascht, als unvermittelt nach dem Klingelzeichen der Türöffner
summte und die Haustür aufsprang.

„Hallo, bist du's, Konrad?", hörte er durch den
engen Flur eine besorgte Frauenstimme aus
dem Obergeschoss rufen.

Küpper schwieg und stiefelte langsam die
Holztreppe zur ersten Etage hoch. Er blickte in
die erschrockenen Augen einer jungen,
schwangeren Frau, die in der Wohnungstür
stand. Sie schien wohl auf ihren Mann gewartet
zu haben.

Auch das noch!, dachte sich der Bernhardiner.
Das durfte nicht wahr sein, und er wusste, dass
es wahr war.

„Was ist? Wer sind Sie?", fragte die zierliche,
hübsche Frau verunsichert.

Küpper sah ihr an, dass sie Schreckliches ahnte. Er antwortete nicht sofort, sondern bat sie höflich, ihn in die Wohnung zu lassen, was sie anstandslos erlaubte.

Sogleich rückte mit der Wahrheit heraus, während er ihr seinen Dienstausweis entgegenhielt. Es würde die Situation nicht verbessern, wenn er mit überflüssigem Geplänkel starten würde. Dann lieber sofort zur Sache, sagte er sich entschlossen.

„Ihr Mann ist tot, Frau Schramm." Er musste tief durchatmen. „Es tut mir leid. Ich bin gekommen, um Ihnen unsere Anteilnahme auszusprechen."

Die Frau starrte ihm zunächst sprachlos an, schluckte dann schwer und fragte schließlich gefasst und konzentriert: „Was ist passiert?"

Küpper war nicht erstaunt über diese Reaktion. Thea Schramm hatte dem Kommissar in der kleinen Küche einen Platz am Tisch angeboten. Ihre mechanisch gestellte Frage nach einem Getränk verneinte er mit einem ablehnenden Wink. Mühevoll nahm sie auf einem Hocker Platz.

Beim Blick durch Flur und Küche hatte Küpper zugleich erkannt, dass die Wohnung zwar sauber und mit viel Liebe gepflegt wurde, aber nur mit preiswerten und unbedingt erforderlichen

25

Möbeln ausgestattet war. Das junge Paar war wohl nicht auf finanziellen Rosen gebettet, schloss er aus seiner Beobachtung, und dann kam noch durch das baldige Kind eine zusätzliche Belastung.

Aber konnte das ein Grund sein, sich nachts in den Wassergraben zu stürzen?

Kurz und knapp schilderte Küpper den Sachverhalt, so wie er sich ihm derzeit darbot, und das schnelle Ergebnis der medizinischen Untersuchung.

Die junge Frau schüttelte verständnislos den Kopf. „Das kann nicht sein. Ich kann's nicht glauben. Konrad hat doch fast nie 'was getrunken. Und wenn er mit dem Auto unterwegs war, hat er nur Wasser bestellt." Aus nassen, braunen Augen stierte sie den Kommissar an. Ihr mittellanges, braunes Haar war ihr in Strähnen übers Gesicht gefallen. Sie wollte zu einer Rede ansetzen, als könne sie durch ausführliche Erklärungen das Geschehene rückgängig machen.

Küpper ließ die Frau reden. In solchen Situationen erfuhr er oft mehr an Tatsachen als später, wenn die Trauer die Angehörigen übermannt und ihren Verstand getrübt hatte. Er erlebte es immer wieder, dass Angehörige eine Todesnachricht zunächst ziemlich gefasst und besonnen, fast schon distanziert aufnahmen, bevor sie dann urplötzlich in eine unendliche Trauer verfielen und nicht mehr ansprechbar waren oder sich eine eigene Wahrheit zurechtbastelten, die mit der Wirklichkeit nichts mehr überein hatte.

„Gestern war er mit dem Auto zur Feier gefahren", wiederholte die Frau verständnislos, „dann trinkt Konrad doch immer nur Wasser."

Küpper runzelte fragend die Stirn, während er der Witwe betrübt ins Gesicht schaute. Hoffentlich bleibst du sachlich, sagte er sich insgeheim. Jede Information, die die Frau ihm jetzt gab, konnte ihm helfen, würde aber wahrscheinlich eine Bestätigung für den Unfalltod geben. Thea Schramm musste ihm einfach alle Informationen geben, die sie hatte, bevor sie von der Realität vereinnahmt wurde.

Der Kommissar bat die junge Frau vorsichtig, ihm vom letzten Tag und vom letzten Abend zu berichten. Das gehörte zwar nicht mehr zwingend zu seiner Aufgabe als Ermittler, zumal es überhaupt kein Verfahren gab. Aber er betrachtete generell das Gespräch mit den Hinterbliebenen auch als Teil seiner Tätigkeit als Übermittler tragischer Botschaften und als erste kleine Hilfe bei der Bewältigung des Schmerzes.

Konrad Schramm war am Montagmorgen in die Redaktion des Dürener Tageblatts gefahren. Beim DTB, der dritten journalistischen Kraft an der Rur neben der Dürener Zeitung und den Dürener Nachrichten, arbeitete er seit mehr als einen Jahr als freier Mitarbeiter, so schilderte seine Frau. Er wollte sich für ein Volontariat, eine Ausbildung zum Redakteur, qualifizieren und war fast rund um die Uhr sieben Tage die Woche für das Blatt tätig. Er wollte zeigen, dass er belastbar und engagiert war.

Nach der Kommunalwahl am Sonntag stand ein Berg von Arbeit in der Redaktion an. Es hatte den sensationellen, bundesweit beachteten Machtwechsel im Rathaus gegeben. Dementsprechend galt es, die Geschehnisse des Sonntags in aller Ausführlichkeit aufzuarbeiten, Stellungsnahmen einzuholen, Hintergrundberichte verfassen, Kommentare zu schreiben.

„Mittags, als er zum beim Essen nach Hause gekommen ist, hat mir Konrad dann gesagt, dass das Volontariat zum 1. Januar wieder fraglich geworden sei", sagte die Frau. Er könne sich zwar denken, warum. Aber er habe über die Gründe geschwiegen. Es werde wohl doch noch klappen, habe er ihr optimistisch gesagt.

„Ich bräuchte mir aber keine Sorgen zu machen. Sein Job beim Tageblatt sei sicherer denn

28

je, hat er mir versichert. Sie können sich vorstellen, dass es bei uns nicht gerade alles normal verläuft", meinte sie und rieb sich über den dicken Bauch.

Am Montagabend habe es schließlich den Redaktionsstammtisch im Gasthof Laufenberg in Niederau gegeben, fuhr Thea Schramm stockend fort. Jeden ersten Montag im Monat trafen sich dort die Redakteure und Mitarbeiter der Zeitung zum geselligen Plausch. So sollte es jedenfalls sein, aber meisten waren nur ein oder zwei der fünf Redakteure dabei, während die sechs festen freien Mitarbeiter fast immer komplett anwesend waren. Häufig ging der Abend für die Freien kostenlos aus, denn der Redaktionsleiter Werner Taschen hielt sie in aller Regel aus. Da ließen es sich die freien Mitarbeiter, zumeist ehemalige Studenten oder arbeitslose Lehrer, gefallen, dass sie von Düren raus nach Niederau fahren mussten, dem Wohnort von Taschen. Der Lokalchef hatte in der Nähe des Gasthofes ein Haus an der Heinrich-Hansen-Straße gekauft und, und das war der wichtigere Grund, er war Stammgast bei Laufenberg.

Wie in allen Monaten zuvor sei Schramm zum Treffen mit dem Wagen von Birkesdorf nach

Kreuzau gefahren, schilderte seine Frau. Es sei oft spät geworden bei diesem vergnüglichen Zusammensein, das wohl für die Freien in gewisser Weise auch eine Pflichtveranstaltung gewesen sei, wollte man nicht die Gunst des Lokalchefs aufs Spiel setzen. „Aber niemals hat Konrad dabei Alkohol getrunken oder ist sogar angetrunken nach Hause gekommen."

Wieso ihr Mann jetzt betrunken gewesen und dann ausgerechnet zu Fuß zu Schloss Burgau gegangen sein soll, war Thea Schramm unerklärlich. „Das passt einfach nicht zu Konrad."

Küpper konnte ihr keine plausible Erklärung geben. Einmal sei immer das erste Mal, fiel ihm nur schwach ein, und er zog es vor, besser zu schweigen.

Er bot sich an, Schramms Wagen von Niederau nach Birkesdorf zu bringen, während er die Autoschlüssel aus seinem Sakko zückte, die er aus Schramms Jackentasche genommen hatte. In der Nähe der Gaststätte werde er das Auto schon finden, meinte er, als Thea Schramm dankend nickte.

Auch schlug er ihr vor, sie zu Verwandten oder Bekannten zu begleiten.

Doch die junge Frau lehnte ab. Sie werde selbst ihre Eltern anrufen und dann zunächst zu ihnen ziehen.

„Sie wohnen auch hier im Dorf", erklärte sie mit einem leichten Lächeln, als sie Küppers betrübten Blick sah.

Der Kommissar spürte, wie langsam aber stetig das Bewusstsein an das Endgültige in der Schwangeren aufstieg. Es würde nicht mehr allzu lange dauern, ehe sie in Trauer verfallen würde. Er drängelte sie, ihre Eltern während seiner Anwesenheit anzurufen und notierte sich deren Anschrift.

„Ich bringe Ihnen das Auto dorthin", schlug er vor.

Nachdem Theas betroffener Vater gekommen war, verabschiedete sich Küpper. Der Vater wirkte fürsorglich und zugleich pragmatisch. Bei ihm war die schwangere Witwe in guten Händen, war er sich sicher.

Er ließ sich von Wenzel nach Niederau fahren.

„Als wenn wir nichts Besseres zu tun haben", moserte der Assistent, der sich über die lange Wartezeit auf dem Hinterhof geärgert hatte.

Doch Küpper hörte ihm gar nicht zu. Bei der ständigen Maulerei von Wenzel stellte er seine Ohren auf Durchzug. Er schaute lieber durchs Seitenfenster auf die Gebäude am Straßenrand; schön war anders, sagte er sich. Die Gebäude waren reine Nutzbauten, die nach dem Krieg

31

schnell und billig hochgezogen worden waren. Viel hatte der Krieg von der einstmals reichen Stadt Düren nicht übrig gelassen. Angeblich waren über 90 Prozent der Industriestadt durch die Bomben in Schutt und Asche gelegt worden, und da war es gut, dass das Wenige, was noch vorhanden war, erhalten und wiederaufgebaut wurde wie etwas Schloss Burgau am Burgauer Wald.

Endlich fiel es dem Kommissar wieder ein, woher er Schramm kannte. Der junge Journalist hatte in den vergangenen Monaten gelegentlich an den sonntäglichen Pressekonferenzen der Dürener Kriminalpolizei teilgenommen. Bei Kaffee und Brötchen informierte dabei die Polizei im Versammlungsraum der Polizeiinspektion die Vertreter der Dürener Presse in lockerer Atmosphäre stets über die kriminellen und auch kuriosen Ereignisse des Wochenendes. Das Frühstück hatte erheblich zu einem entkrampften Verhältnis zwischen Journaille und Polizei beigetragen, nachdem es zuvor immer wieder Zank und Ärger gegeben hatte, weil einige Medien sich schlechter informiert fühlten als andere. Da war viel Glück und persönliche Bekanntschaft im Spiel gewesen, wenn ein Redakteur sonntags bei der Polizei anrief und nach Zwischenfällen fragte. Es war durchaus schon vorgekommen, dass eine Zeitung von einem Diensthabenden über einen Verkehrsunfall mit Toten informiert wurde, während die Anfrage eine andere bei einem anderen Polizisten mit der Bemerkung „Es gab nichts Besonderes am Wochenende" abgespeist wurde. Jetzt konnten alle Journalisten sicher sein, das gleiche Wissen zu haben, wenn sie in die Redaktionen zurückkehrten. Und die Polizisten wussten, dass sie auch vertrauliche Informationen weitergeben konnten, die nicht veröffentlicht wurden, wenn sie darum baten. Dieses Vertrauen hatte sich zuletzt bei einer Entführung ausgezahlt, als alle Medien schwiegen, um die Ermittlungen und damit auch das Leben des entführten Kindes nicht zu schaden.

Schramm war ein stiller Beobachter gewesen, erinnerte sich der Kommissar. Der Nachwuchsjournalist hatte nie viel gesagt und nur dann Fragen gestellt, wenn tatsächlich eine Information in einer Polizeimeldung fehlte oder lückenhaft war. In seiner Berichterstattung hatte Schramm dann immer sachlich und korrekt geschrieben; eine Tugend, die Küpper nicht allen Dürener Journalisten uneingeschränkt zubilligen wollte.

Eine Begebenheit, an die er später noch mehrmals dachte, wurde ihm wieder bewusste. Da hatte der Kollege beim Pressefrühstück davon gesprochen, dass der Festgenommene die Tat leugnen würde. Daraufhin hatte Schramm sofort nachgehakt und gefragt, woher die Polizei denn wisse, dass er Festgenommene der Täter war. Das sei ja schon eine Vorverurteilung. Denn leugnen würde ja behaupten, nicht die Wahrheit zu sagen. Es müsse wohl „bestreiten" statt leugnen heißen, hatte Schramm empfohlen; und im Prinzip gaben ihm die weiteren Ermittlungen recht. Der Festgenommen hatte nicht geleugnet, denn er hatte das Verbrechen tatsächlich nicht begangen. Er wäre also, wenn die Pressemitteilung im ursprünglichen Wortlaut veröffentlicht worden wäre, zu Unrecht als Lügner dargestellt worden.

„Schramm war Journalist beim Dürener Tageblatt", klärte er Wenzel beinahe schon beiläufig auf, wissend, wie der Kollege reagieren würde. Dem war diese Information ziemlich egal.

„Na und", bemerkte er lapidar, während er sich über den stauenden Verkehr stadtauswärts in Richtung Niederau und Eifel ärgerte. Auf einen Schmierfinken mehr oder weniger komme es doch auch nicht an, meinte er. Es gäbe viel zu viele davon.

„Das passt doch gut zusammen", folgerte Wenzel hämisch. „Hast du jemals einen Journalisten gesehen, der nicht säuft? Die saufen doch alle. Denk' doch nur an diese Schnarchtüten Bauer und Mutzel. Wie oft haben die Kollegen vom Streifendienst die nach Verkehrskontrollen wieder laufen lassen?" Wenn's nach ihm ginge würde er den ganzen Sauhaufen von Presse auffliegen lassen. Alles nur Penner.

„Der Schramm war bestimmt keinen Deut besser", befand Wenzel ohne Mitgefühl. Ihn störte es viel mehr, dass er an jeder Ampel warten musste.

Küpper schwieg zu den Vorurteilen seines Untergebenen. Einmal mehr erkannte er, warum keiner seiner Kollegen mit Wenzel zusammenarbeiten wollte. Vielleicht sollte er den Versuch starten, einen anderen Mitarbeiter zu bekommen. Schlimmer als diese Nöhltüte könnte kein anderer sein. Und er verstand auch einmal mehr, warum Wenzel wohl niemals eine Karriere einschlagen würde, die ihn auf einen Leitungsposten hieven würde.

Aber wenn der's selbst nicht merkt, dachte er sich. Mein Problem soll's wahrlich nicht sein.

Rasch hatte Küpper den Wagen von Schramm gefunden. Wenn er sich auf Wenzel verlassen hätte, wären sie an einer ganz anderen Stelle in Niederau ausgekommen. So hatte er dem Kollegen Anweisungen gegeben, die ihn schnurstracks zum Ziel führten; es gab halt nicht gegen gute Ortskenntnisse. Er brauchte Wenzel ja nicht zu verraten, dass er im Sommer an so manchem Sonntag mit seiner Mutter vom Altenheim bei Schloss Burgau die wenigen Hundert Meter nach Laufenberg gegangen war, damit sie dort in Ruhe „ihr Bierchen" trinken konnte, von dem ihre Mitbewohner nichts wissen sollten.

Schramms alter, blauer Escort stand ordnungsgemäß geparkt im abgetrennten Teilstück der Von-Aue-Straße neben dem Gasthof.

Seinen Kollegen Wenzel schickte der Kommissar zurück nach Birkesdorf. Er solle an der Max-Planck-Straße vor dem Haus von Thea Schramms Eltern auf ihn warten, ordnete er an. „Warte auf mich und gehe bloß nicht allein ins Haus."

Mit unverhohlenem Ärger kam Wenzel dem Befehl nach.

„Bin ich denn nur noch Taxifahrer?" Doch dann trollte er sich und preschte mit einem Kavaliersstart davon. Wenn der so weiter macht, erlebt er den 30. Geburtstag nicht, dachte sich Küpper, und er ließ offen, ob er damit die Raserei meinte oder den gesundheitsgefährdenden Ärger, der Wenzel ins Grab bringen würde.

Schramms Wagen machte einen gepflegten Eindruck. Alt, aber sauber, murmelte Küpper in sich hinein. Das Ehepaar hatte das Beste aus seiner Situation gemacht. Das Wenige, das es besaß, wurde gepflegt. Der Rücksitz war leer, auf dem Beifahrersitz sah Küpper die Montagsausgaben der Dürener Zeitung, der Dürener Nachrichten und des Dürener Tageblatts. Im Handschuhfach fand Küpper, der sich auf dem Fahrersitz gesetzt hatte, die Fahrzeugpapiere und den Führerschein von Schramm sowie einen leeren Schreibblock, eine schon ältere Nikon F1 und einen weichen Beutel.

Das Modell war schon lange nicht mehr im Handel, wusste der Hobbyfotograf Küpper. Ein robuster, schwerer Fotoapparat, auf dem ein normales Objektiv aufgeschraubt war, auf das Verlass war. Ein Weitwinkelobjektiv befand sich in der Schutztasche ebenso wie eine schwarze, leere Filmkapsel. Die Filmrolle hatte Schramm offensichtlich gerade erst in den Fotoapparat eingelegt, denn der Bildanzeiger stand noch bei null.

Die Kamera ist halt immer schussbereit am Mann, dachte sich der Kommissar. Er legte den

Apparat zurück ins Handschuhfach und widmete sich den Zeitungen. Als er sie anhob, entdeckte er einen aufgeschlagenen Notizblock, an dem ein grüner Kugelschreiber mit der Aufschrift „Dürener Tageblatt" geklemmt war.

„Bürgermeister Walter", stand auf dem obersten, karierten Blatt in einer schwer leserlichen Schrift geschrieben. Küpper brauchte eine Zeit, bis er ihm das Geschriebene lesen zu können.

„Die Kommunalwahl am Sonntag, 3.November, hat zu einem sensationellen, von den wenigsten Wahlbeobachtern erwarteten Machtwechsel im Dürener Rathaus geführt. Und nicht ganz unschuldig an diesem Machtwechsel ist die 'lahme Schwester'", hatte der Journalist aufgeschrieben.

Was sollte das? Viel konnte Küpper mit diesen beiden Sätzen nicht anfangen. Das war noch übertrieben, gestand er sich ein. Gar nichts konnte er damit anfangen, wenn er ehrlich mit sich war.

Zwar war er natürlich über den Ausgang der Wahl in Düren informiert, doch interessierte ihn das nicht allzu sehr. In Düren war sein Arbeitsplatz, mehr nicht. Er wohnte zwar hier, betrachtete sich aber immer noch als Zugezogener, der mit den Dürenern nicht klar kam. Die meist joviale, so genannte rheinländische Mentalität war ihm nicht geheuer. Abends schlägt man sich die Schädel ein und morgens geht man miteinander um, als sei man die besten Freunde. Das war nicht seine Art. Der Ausdruck „Im Rheinland ist die Fünf eine gerade Zahl", hatte er lange nicht verstanden, bis er schließlich erkannte, dass man es nicht immer so genau nehmen muss, wenn von Pünktlichkeit, Verlässlichkeit oder vollmundigen Versprechen die Rede war. Er hatte einen überschaubaren Bekanntenkreis, fast alles Kollegen, und seine engste Beziehung bestand noch zu seiner Mutter, die er zu sich nach Düren und ins Altersheim gebrachte hatte, nachdem sein Vater gestorben war und sie nicht mehr allein in dem viel zu großen Haus bleiben wollte.

Vielleicht konnte ihm aber Thea Schramm bei dem Geschriebenen weiterhelfen. Und Küpper wunderte sich, dass er sich für den Toten interessierte, obwohl es sich doch allem Anschein nach um einen Unfall, eventuell um einen Selbstmord, aber auf keinen Fall um ein Tötungsdelikt handelte und es deshalb nichts für ihn zu ermitteln gab.

Kurz überlegte Küpper noch, ob er bei seiner Mutter im Schenkel-Schoeller-Stift vorbeispringen sollte. Doch dann entschied er sich wieder einmal dagegen. Er fuhr Schramms Wagen quer durch die Stadt nach Birkesdorf zur Max-Planck-Straße und fragte sich dabei, warum Schramm mitten in der Nacht im volltrunkenen Zustand von der Gaststätte durch den Ort und über die viel befahrene Durchgangsstraße zum Burgauer Wald bis zum Wassergraben des Schlosses gegangen war.

Wenzel hatte weisungsgemäß den Escort auf dem kleinen Parkplatz am Hochhaus an der Eintrachtstraße neben der Max-Planck-Straße abgestellt und darin auf ihn gewartet. Auch jetzt musste er sich noch gedulden. Sein Gesichtsausdruck verriet, dass er mit dieser Anordnung überhaupt nicht einverstanden war.

Küpper scherte sich nicht darum. Er ließ ihn vorsorglich im Wagen sitzen, als er die Kamera und den Block ins Elternhaus von Thea Schramm brachte. Da hätte er besser einen Elefanten mitgenommen, der hätte wahrscheinlich weniger Porzellan zertreten als Wenzel. Dem Kollegen wäre garantiert wieder eine Bemerkung herausgerutscht, die den Schmerz der Trauernden noch verschlimmert hätte.

Thea Schramm nahm, von ihren Eltern sorgenvoll beobachtet, die Utensilien ihres Mannes gefasst entgegen. Ein flüchtiges Lächeln zeigte sich in ihrem Gesicht, als sie seine Schrift erkannte.

Konrad habe für sie immer kleine Geschichten geschrieben, klärte sie den Kommissar auf, als er sie auf den Block ansprach. Unter dem Titel ‚Wenn die Wahrheit auf der Strecke bleibt‘ habe er aus dem journalistischen Alltag berichten wollen. Es seien meist fiktive Geschichten aus der Redaktion oder aus der Tätigkeit gewesen, die gelegentlich auch einen Bezug zur Realität gehabt hätten.

„Er hat mir immer gesagt, so könnte es sein, aber so muss es nicht sein, und vielleicht ist es doch so gewesen". Ihr jedenfalls hätten seine Geschichten gefallen, die er beim Warten auf einem Termin oder in einer ruhigen Minute niedergeschrieben habe.

„Am Montag beim Frühstück hat er mir gesagt, er wolle noch eine Geschichte über die Kommunalwahl machen", erinnerte sie sich. „Die Geschichte werde so haarsträubend sein, dass jedermann spüren müsste, dass sie so nicht stimmen könne. Aber es sei ein wahrer Kern darin."
Thea Schramm nahm die Kamera und den Notizblock und verstaute sie in eine Schublade.
Am Montag, das hörte sich an, als sei es schon lange her, dabei war es gerade einmal gestern

gewesen, dachte sich Küpper, bevor er sich verabschiedete. Er wusste Thea Schramm gut betreut. Ihre Eltern würden sie bei ihrer Trauer begleiten und sich um sie sorgen und kümmern.

Mit einem immer noch verärgerten Wenzel fuhr er zurück ins Büro in der Dürener Innenstadt.

Der Tod von Schramm musste sich wie ein Lauffeuer in Düren verbreitet haben, obwohl sie nahezu unter sich gewesen waren am Schloss Burgau. Auf Küppers Schreibtisch häuften sich die Notizzettel mit den Rufnummern diverser Journalisten, Zeitungen und Rundfunkanstalten.

Küpper hatte es im Gegensatz zu einigen Kollegen längst aufgegeben, nachzuforschen, woher die Medien an die Informationen kamen. Sicherlich gab es Plaudertaschen in Kreisen der Polizei, und das gesetzliche Verbot des Abhörens von Polizeifunk hinterließ keinerlei Wirkung. Darüber grinsten die Journalisten nur müde. Vielleicht hatte das Bestattungsinstitut gegen ein Honorar die Information gestreut oder aber der Mitarbeiter vom Grünflächenamt hatte geplaudert.

Es schien etwas dran zu sein an der Behauptung, Journalisten würden riechen, wenn etwas Unerwartetes geschehen war. Mit dieser Überzeugung war es Küpper schließlich egal, woher die Journaille von dem toten Kollegen erfahren hatte. Er ignorierte die Bitten um Rückrufe. Er hatte Wichtigeres zu tun, als jedem einzelnen Medienvertreter nacheinander Auskunft zu erteilen. Bei wem sollte er anfangen und bei wem enden? Was passierte, wenn er einem aus Versehen eine Information vorenthielt, die er im nächsten Gespräch weitergab? Also hielt er sich lieber zurück. Und außerdem wollte er die Zuständigkeiten in seiner Behörde wahren.

Das Telefon auf seinem Schreibtisch schnarrte mehr, als dass es klingelte. Als Küpper abhob, meldete sich Frank Schiffer von Radio Rur. Ob es tatsächlich stimme, dass Konrad Schramm ertrunken sei, wollte der Redakteur des lokalen Rundfunksenders, der seinen Dienstsitz fast gegenüber dem von Küpper in der umgebauten Pleußmühle hatte, wissen.

Der Kommissar ließ ihn jedoch abblitzen. Es gebe gleich ein Fax an alle Medien, vertröstete er ihn und legte auf.

Es dauerte dann doch noch etwas länger, denn der Kollege von der Pressestelle hatte sich wieder einmal für einige Zeit aus dem Staub gemacht und war unauffindbar.

„Der hat wohl 'nen Termin", hörte Küpper mehr als einmal, aber niemand wollte oder konnte ihm sagen, wo der Termin stattfand. Auch so eine Eigenart der Rheinländer, die ihn bisweilen ärgerte. Sie nahmen Dinge gelassen hin, bei denen er unruhig wurde oder pflichtbewusst tätig werden wollte.

„Der hat 'nen Termin", das war so und damit hatte er sich zufrieden zu geben.

Es nervte Küpper, dass er die Journalisten immer wieder mit dem Hinweis auf ein Fax vertrösten musste. Aber nur der Pressesprecher war autorisiert, Meldungen an die Öffentlichkeit weiterzugeben; und dann war die Jovialität und die Lässigkeit wie weggeblasen, wenn er dessen Autorität hintergangen hätte. Dann war Schluss mit lustig und rheinischer Frohnatur, dann wurde kompromisslos auf Hierarchien und Kompetenzen gepocht.

Gemeinsam mit der Pressestelle setzte Küpper schließlich den Text auf, als der Kollegen endlich wieder am Arbeitsplatz erschien und so tat, als sei es selbstverständlich, dass er eben mal „auf 'nem Termin" war. Küpper las noch einmal den Text, den die Medien in Düren und darüber hinaus in der Köln-Aachener Region erhalten sollten: „Ein 29-jähriger Mann aus Düren wurde am Montag gegen 9 Uhr von einem Mitarbeiter des Grünflächenamtes der Stadt Düren tot im Wassergraben von Schloss Burgau aufgefunden. Der Mann ist in der Nacht ertrunken. Alkoholeinfluss kann nicht ausgeschlossen werden. Für Fremdverschulden gibt es keine Anzeichen."

Damit war alles und auch nicht gesagt, dachte er sich. Aber im Prinzip gab es ja auch nicht viel zu sagen. Konrad Schramm war tot, und er hatte seinen Tod mit größter Wahrscheinlichkeit selbst verschuldet, bei einem Unfall oder sogar freiwillig.

Schleunigst verließ der Kommissar sein Büro. Er verspürte wenig Lust, sich von der Presse aushorchen zu lassen. Sollte sich doch Wenzel mit den Medien herumplagen. Garantiert würden gleich die Telefonleitungen heiß laufen. Küpper wusste es aus leidlicher Erfahrung.

Und es klingelte tatsächlich schon, kaum dass der Kommissar die Zimmertür von außen hinter sich geschlossen hatte.

Mittwoch, 6. November

Es rauschte am Mittwochmorgen nicht nur im lokalen Dürener Blätterwald gewaltig, auch überregional schaukelten die Medienbäume mächtig im Wind.

„Im Suff ersoffen" titelte die Landesausgabe einer bundesweit agierenden Boulevard-Zeitung auf ihrer regionalen Seite. Der Konkurrenz auf dem Boulevard von der Rheinschiene setzte noch einen drauf mit der Überschrift „Unheimlicher Abgang des heimlichen Säufers".

Die Lokalzeitungen waren hingegen sachlich geblieben. In der Dürener Zeitung und in den Dürener Nachrichten wurde der Tod des Kollegen von der Konkurrenz bedauert. Das Dürener Tageblatt veröffentlichte den letzten Artikel von Schramm, der mit einem Porträtfoto des Verstorbenen versehen war. Der Bericht hatte ein Bilanzgespräch nach der Kommunalwahl mit dem neuen Bürgermeister Walter und dem abgewählten Vorgänger zum Inhalt. Neben diesem Text hatte der Redaktionsleiter Taschen in einem beigestellten Kasten die Trauer der Redaktion ausgedrückt und Schramm einen hoffnungsvollen Nachwuchsjournalisten genannt, dessen Tod alle erschüttert habe.

Während die Boulevardblätter großspurig einen Vollrausch oder einen Selbstmord andeuteten, blieben die lokalen Blätter moderat. Sie sprachen von einem Unfall und Unglück in der Nacht bei Schloss Burgau.

Küpper legte die Mappe mit den Presseausschnitten zur Seite. Er hatte die Artikel über Schramms Schicksal überflogen, den Text über die Kommunalwahl schenkte er sich.
Es war wie immer, befand er, während er in seinem Kaffee rührte. Der Fall war erledigt, bevor er zum Fall werden konnte.
Morgen schon würden sich die Medien auf das nächste Ereignis stürzen. Dann war Schramm vergessen. Nichts ist halt so alt wie die Zeitung von gestern.

Das vehemente Klopfen gegen seine Bürotür ließ ihn aufblicken. Ehe er etwas unternehmen konnte, wurde die Tür geöffnet und trat ein junger Mann ein. Auch bei ihm dachte Küpper sofort wieder, ‚den kenne ich doch', während er ihn verwundert musterte. Mitte 30 war der großgewachsene, schlanke Besucher. Er hatte blondes, kurzes Haar und war lässig, aber dennoch gut gekleidet. Er trug zur Jeans und dem dunkelbraunen Rollkragenpullover eine braune, abgewetzte, dabei jedoch nicht schäbige Lederjacke, die bei Küpper die Erinnerung wachrief. An der in ihrer Art eleganten Lederjacke glaubte er, den Mann wiedererkannt zu haben.

So war es auch. Der Mann stellte sich als Helmut Bahn vor. Er sei Redakteur beim Dürener Tageblatt und demnach ein Kollege von Konrad Schramm.

Gewesen, ergänzte der Kommissar für sich, und er fragte Bahn nach dem Grund seines Kommens, während er ihm den Besucherstuhl vor seinem Schreibtisch anbot. Gelegentlich war Bahn auch bei einem Sonntagsfrühstück dabei gewesen, wie er sich erinnerte. Aber er war nicht durch Fragen oder intensives Nachhaken aufgefallen. Der sonntägliche Termin bei der Polizei war wohl für ihn nur eine Pflichtaufgabe gewesen, für die er sich nicht sonderlich interessierte.

Der Journalist kam ohne Umschweife auf den Punkt.

„Ich glaube nicht, dass Schramm bei einem Unfall gestorben ist", erklärte er überzeugt. Schramm sei nicht der Typ gewesen, der sich volllaufen ließe und dann auch noch durch die Gegend torkele. Dazu sei Schramm viel zu bedacht gewesen.

„Der hätte nie etwas getan, was ihm oder seiner Frau oder jetzt auch noch seinem werdenden Kind hätte schaden können", behauptete Bahn.

Bevor ihn Küpper unterbrechen konnte, fuhr Bahn hastig in seiner Schilderung fort. Am Dienstag habe das komplette Redaktionsteam kurz nach Mitternacht zur Sperrstunde den Gasthof in Niederau verlassen, schilderte er. Man habe sich auf der Straße verabschiedet. Der Redaktionsleiter Taschen wäre zu Fuß nach Hause gegangen, Schramm wäre in die Sackgasse gelaufen, er selbst wäre wie die anderen Kollegen zu dem gegenüberliegenden Parkstreifen vor der Pfarrkirche Sankt Cyriakus zu ihren Fahrzeugen gegangen. Ob alle noch fahrtüchtig waren, wolle er einmal dahingestellt lassen.

„Wenn einer von uns wirklich noch nüchtern war und tatsächlich noch Auto fahren konnte, ohne befürchten zu müssen, bei einer Polizeikontrolle pusten zu müssen, dann war es garantiert mein Freund Konrad Schramm", versicherte Bahn ausdrücklich.

Er machte auf Küpper den Eindruck, als sei er überzeugt von dem, was er von sich gab.

Er habe auch mit seinem Redaktionsleiter schon darüber gesprochen. Der habe die Vermutung geäußert, Schramm könne noch jemanden getroffen haben und sei dann versackt, schildert er kopfschüttelnd.

Was er denn dann überhaupt noch wolle, fragte der Kommissar seinen Besucher verwundert. Es sei doch wohl alles klar. Es gebe keine Hinweise auf ein Fremdverschulden, selbst wenn Schramm sich noch mit jemandem getroffen haben sollte, wofür aber keine Anzeichen erkennbar seien.

Doch Bahn widersprach ihm vehement. Er glaube es einfach nicht.

„Da hat jemand dran gedreht", behauptete er und fuhr polemisch fort: „Da hat jemand klar Schiff gemacht, dem Schramm zu sehr auf die Finger geschaut hat."

Die Skepsis ob dieser allgemeinen Phrase stand Küpper ins Gesicht geschrieben, wie Bahn bemerkte. Einen Verdacht habe er allerdings nicht, räumte er daher unumwunden ein, bevor ihn der Kommissar danach fragen konnte.

„Ich kann mir nur nicht vorstellen, dass Konrad durch ein Unglück oder einen Unfall gestorben ist. Für mich ist es klar, dass es einen Unbekannten geben muss. Davon gehe ich solange aus, bis ich vom Gegenteil überzeugt werde."

Was nicht sein darf, das nicht sein kann, zitierte Küpper für sich. Da versuchte der aufgeregte Bahn allem Anschein nach, für sich eine Wahrheit zu finden, weil ihm die Realität nicht gefiel. Bedauernd schüttelte er den Kopf.

Bahn ließ jedoch nicht locker.

„Ich möchte aber Strafanzeige gegen Unbekannt erstatten", sagte der Journalist entschlossen. Vielleicht könnte die Polizei mit ihrem Ermittlungsapparat etwas herausbekommen. Man sei es der schwangeren Ehefrau von Schramm schuldig.

Doch Küpper lächelte nur mitleidig. Mit einer Strafanzeige allein ließe sich aus einem Unglück noch keine Straftat machen. Da müsse Bahn schon mehr bieten oder zumindest einen Anfangsverdacht äußern. Aber Bahn habe ja gar nichts. Somit machten weitergehende Ermittlungen keinen Sinn, nachdem das Obduktionsergebnis eindeutig war und es keine Spuren eines Beteiligten am Unfallort gegeben hatte. Er sprach bewusst von einem Unfallort und nicht von einem Tatort, was nach seiner Auffassung falsch gewesen wäre.

Küpper beendete das aus seiner Sicht sinnlose Gespräch und komplimentierte Bahn aus seinem Büro hinaus. Schramm war tot und blieb tot, und es gab keinen, der für dessen Tod zur

Rechenschaft zu ziehen war, meinte er abschließend. Er sah dem Journalisten nach, der sich unzufrieden trollte. Die Lederjacke ist wirklich gut, dachte er sich.

Und das war auch das einzige, das er von der Unterredung in Erinnerung behielt.

Nachdenklich fuhr Bahn in seinem fast schon historischen Porsche 911 zur Redaktion der DTB in der Pletzergasse zurück, unmittelbar gegenüber der Konkurrenz von der DZ, und hatte das Glück, tatsächlich am Pletzerturm einen der seltenen, freien Parkplätze zu ergattern. Ansonsten hätte er seinen Sportwagen wie so oft in einer der Seitenstraßen im eingeschränkten Halteverbot geparkt. Sein auffälliger, froschgrüner Wagen war den emsigen Politessen des Ordnungsamtes bekannt, sie drückten bei ihm in aller Regel ein Auge zu. Da war es schon von Vorteil, dass man in Düren geboren wurde und stets heimattreu gewesen war. Man kannte sich halt, zum Teil noch aus der Schulzeit oder aus der Disko, und machte sich nicht unnötig das Leben schwer.

Es war Bahn nicht nach Arbeiten zumute, Schramms Tod ging ihm nahe. Das Gespräch mit dem Kommissar war nun auch nicht gerade gut für ihn gelaufen. Der Typ sah zwar aus wie ein braver Bernhardiner, dachte er sich, aber er wusste, dass Küpper in der Polizei einen guten Ruf hatte. Dessen Aufklärungsquote bei Tötungsdelikten, aber auch seine bedachten und besonnenen Ermittlungsmethoden hatten sich in Journalistenkreisen herumgesprochen, auch wenn Bahn bei diesem Thema vornehme Zurückhaltung übte. Über die Polizeiarbeit und noch weniger über Verkehrsunfälle berichtete er nur, wenn es unbedingt sein musste. Das war nicht sein Metier.

Vielleicht sollte ich mal bei dem Bernhardiner Nachhilfeunterricht nehmen, um etwas aus dessen Metier zu lernen, sagte er sich schmunzelnd. Der Typ war ihm sympathisch gewesen, wenn er objektiv war, musste er dem Mann zustimmen, aber er wollte nicht objektiv sein. Und er hatte auch einen Verdacht, einen absurden Verdacht, den er überhaupt nicht aussprechen wollte.

Mürrisch redigierte er die Berichte der Mitarbeiter, die ihm Taschen auf den Schreibtisch gelegt hatte.

Taschen sei wegen einer Nachbesprechung der Kommunalwahl zur Konferenz der Lokalchefs in die Zentralredaktion nach Köln gefahren und käme nicht mehr ins Büro zurück, hatte ihm die

Redaktionssekretärin mitgeteilt. „Fräulein Dagmar", die gute Seele der DTB, hatte in ihren vielen Berufsjahren schon viele Kollegen kommen und gehen gesehen und kannte ihre Pappenheimer bestens. Sie zog sich schnell in ihr Zimmer zurück, als sie Bahns schlechte Laune bemerkte. In diesem Zustand war er schlichtweg unerträglich, ein Kotzbrocken, der nur danach suchte, jemanden zu finden, an dem er seinen Ärger ausleben konnte. Wenn seine Stimmung gut war, war er der beste und hilfsbereite Kollege, den man sich wünschen könnte, sofern er nicht mal wieder den Schnösel heraushängen ließ.

Bahn hatte ein freundschaftliches Verhältnis zu Schramm gehabt. So brachte Fräulein Dagmar in ihrer mütterlich fürsorglichen Art sogar noch Verständnis für Bahns Launenhaftigkeit auf. Bahn und Schramm hatten so manche Geschichte zusammen ausgeheckt und sich kollegial unterstützt. Obwohl, und das wusste in der Redaktion anscheinend wohl jeder außer Bahn, Schramm einmal dessen Nachfolger in der Redaktion werden sollte. Oder Bahn ließ es sich einfach nicht anmerken. Zwischen den beiden war die Personalplanung insofern nie ein Thema gewesen, auch nicht, wenn sie sich gelegentlich privat trafen.

Es war noch wohlwollend gemeint, wenn ein Kollege bei einem Termin erklärte, Bahn habe nicht das beste, aber doch ein von Kollegialität geprägtes Verhältnis zu seinem Chef Taschen. Wenn er Interna ausplaudern würde, ergäbe sich ein anderes Bild. Es hatte schon mehrfach lautstark zwischen den beiden gerappelt. Die lautstarken und wütenden Diskussionen endeten in aller Regel damit, dass einer der beiden die Unterredung mit einem Zuknallen seiner Bürotür beendete. Die Chemie stimmte einfach nicht zwischen den beiden Charakteren. Zu leiden hatte unter dem Dauerstreit die komplette Redaktion. Die Kollegen wussten nicht, ob sie sich auf die Seite von Taschen schlagen sollten, oder doch lieber Bahn unterstützen, der immerhin der Dienstälteste war, der sich obendrein am besten in Düren auskannte. Er konnte Wege zu Gesprächspartnern ebnen, die für die meisten ohne seine Fürsprache versperrt geblieben wären.

Sobald der Schramm sein Volontariat beendet hat, fliegt der Bahn hochkant raus, hatte Taschen wiederholt hinter Bahns Rücken geschimpft, wenn dieser und Schramm wieder einmal zusammen auf Recherchetour unterwegs waren.

Die vermeintliche Freundschaft zwischen den beiden wurde von den meisten Redaktionsmitgliedern als Versuch zweier Kontrahenten gesehen, sich gegenseitig auszustechen. Man hätte es Bahn nicht zugetraut, mit Schramm befreundet zu sein, und Schramm tat gut daran, im Fahrtwasser von Bahn zu treiben und von dem Kollegen zu lernen.

Wenn du deinen Feind nicht besiegen kannst, dann musst du ihn dir eben zu deinem Freund machen, so sagten die anderen über das Verhältnis der beiden.

Bahn schlürfte an seiner braungefärbten Kaffeetasse mit dem verblichenen Motiv der Dürener Annakirmes und verfluchte die Sekretärin, die wieder einmal ein lasches Gebräu aufgesetzt hatte. Er musste sich ablenken, sich nicht von seiner Launenhaftigkeit treiben lassen, sagte er sich, als er merkte, dass seine Meckerei an Fräulein Schmitz wirkungslos abperlte. Er griff zum Telefonhörer und wählte Schramms Nummer. Doch es meldete sich niemand. Schramms Zweitnummer kam ihn in Erinnerung, die Rufnummer von Thea Schramms Eltern. Er hackte die Ziffern in die Tastatur und wartete ungeduldig, bis die Verbindung zustande gekommen war.

„Ach, du bist's, Helmut." Tatsächlich meldete sich die junge Frau, als er sich nach ihren leisen „Ja, bitte?" zu erkennen gegeben hatte. Sie schien gefasst und fragte ihn verlegen, was er wolle.

„Ich weiß es selber nicht genau", bekannte Bahn freimütig. Er wolle nur mit ihr reden. Das ist auf jeden Fall besser, als lustlos am Schreibtisch zu hocken, dachte er sich.

„Wie geht es dir?", wollte er wissen. „Kann ich was für dich tun?"

„Kann ich dir nicht sagen. Ich bin nur leer. Oder auch nicht. Momentan kannst du mir nicht helfen. Meine Eltern. Du weißt, ich bin bei ihnen." Sie schwieg und auch Bahn fehlten zunächst die Worte. Er befürchtete, Thea würde kommentarlos auflegen. Er atmete tief durch und kam endlich auf das Thema zu sprechen, weswegen er überhaupt angerufen hatte.

„Aber vielleicht kannst du mir ja weiterhelfen, wenn ich dir schon nicht helfen kann. Kannst du mir sagen, was Konrad in den letzten Tagen alles gemacht hat?" War es angebracht, jetzt so eine Frage zu stellen, kaum dass der Ehemann gestorben war? Bahn war unschlüssig, ob er mit seiner Frage nicht unverschämt gewesen war. Aber jetzt war sie raus und in der Welt.

Thea stöhnte leise auf: „Konrad war doch mehr mit euch unterwegs als bei mir. Am Samstag hat er vom Nachmittag bis zum Abend etliche Termine gemacht und am Sonntag wart Ihr doch rund um die Uhr mit der Wahl beschäftigt. Da ist er morgens schon aus der Wohnung und erst in der Nacht zurückgekommen, als ich schon geschlafen habe. Am Montag war Konrad bis aufs Mittagessen in der Redaktion und abends bei Laufenberg. Aber das ist dir doch alles schon bekannt."

„Hat er denn nicht irgendetwas gesagt, etwas Ungewöhnliches bemerkt oder so?" Bahn stocherte ohne Ziel und Orientierungspunkt umher. Er hatte den Telefonhörer zwischen Kopf und Schulter geklemmt und malte mit einem Kugelschreiber Kreise auf die Papierunterlage.

„Nicht, dass ich wüsste", antwortete ihm Thea nach kurzer Überlegung. „Konrad war nur etwas aufgekratzt nach dem ganzen Trubel. Die Arbeit und die Feier am Sonntag und der Arbeitsstress am Montagmorgen waren doch anstrengend gewesen. Er wollte in dieser Woche etwas kürzer treten, hat er mir gesagt." Sie stockte kurz. „Und dann hat er wohl am Montagmorgen noch mit Taschen gesprochen. Weißt du das etwa nicht?"

Bahn gab sich überrascht.

„Wieso?", fragte er spontan.

„Ich weiß es auch nicht so genau, was die beiden besprochen haben", sagte Thea nachdenklich. „Aber es hatte wohl etwas mit dem Volontariat zu tun, das Konrad bei eurer Zeitung machen sollte."

Die lange Unterredung zwischen Taschen und Schramm am Montag kurz vor Mittag hatte Bahn schon mitbekommen. Allerdings wusste er nichts über den Inhalt. Er erinnerte sich nur, dass Schramm nach dem Gespräch vor sich hin pfeifend ins gemeinsame Zimmer zurückgekommen war.

Der Nachwuchsjournalist hatte sich wie immer bedeckt gehalten. Er konnte schweigen und blockte alle Fragen ab, wenn er nichts sagen wollte. Man durfte ihn nicht drängeln. Wenn ihm danach war, würde er berichten, was er für Berichtens wert erachtete. Nur das leise Pfeifen während seiner Tätigkeit am Schreibtisch deutete an, dass etwas nicht in Ordnung war. Schramm pfiff immer die Melodie von „So far away" von den Dire Straits, wenn etwas nicht stimmte, er mit etwas nicht einverstanden war oder er endgültige Entscheidungen treffen musste.

Schramm hatte offensichtlich nicht nur ihn, sondern auch seine Frau nicht ausführlich über das Gespräch mit dem Lokalchef informiert, befand Bahn. Das konnte im Prinzip nur bedeuten, dass sich der Kollege noch nicht schlüssig war über die Unterredung.

Bahn ließ noch einmal die letzten Arbeitstage mit Schramm in der Redaktion Revue passieren. Es waren in der Tat hektische Tage gewesen, in die auch er zwangsläufig einbezogen wurde. Er musste sich in die kommunalpolitische Berichterstattung einschalten, weil sie alleine nicht von Taschen und Schramm zu schaffen gewesen war. Er half dem jungen Kollegen, der durch seine Recherche in Düren einen politischen Flächenbrand ausgelöst hatte. Nicht zuletzt durch Schramms Aufdeckung von Machenschaften des konservativen Spitzenkandidaten Breuer in der letzten Woche vor dem Urnengang war es noch einmal turbulent im Wahlkampf geworden. Bahn schloss wie andere Beobachter nicht aus, dass die Berichterstattung von Schramm über das wirtschaftliche Gebaren von Breuer bei der Kommunalwahl ausschlaggebend gewesen war, zumal auch die anderen Lokalblätter nachgezogen hatten und ebenfalls Breuer demontierten. Aber Schramm war halt derjenige gewesen, der durch seine Berichterstattung den Stein ins Rollen gebracht hatte.

Nach Schließung der Wahllokale um 18 Uhr am Sonntag war die komplette Redaktion auf die Jagd nach den Ergebnissen aus den zehn Kommunalparlamenten des Verbreitungsgebietes und dem Dürener Kreistag gegangen. Sie hatten bis 22 Uhr ununterbrochen geochst und schließlich alle Zahlen von Nideggen bis Merzenich und von Langerwehe bis Heimbach zusammengetragen, aufgearbeitet und in die Artikel verpackt, bevor die Rotationsmaschinen in der Kölner Tageblatt-Zentrale in Gang geworfen wurden. Wie immer bei einer Wahl wurden die Seiten auf den letzten Drücker fertig. Üblicherweise beendete der Sonntagsdienst seine Arbeit spätestens zu dem Zeitpunkt, zu dem sie bei einem Wahlsonntag erst anfingen. Da war Tempo gefragt, denn der Zeitplan in der Rotation interessierte sich nicht für die lokale Zeitknappheit.

Herausragend war bei der Kommunalwahl sicherlich der politische Umsturz in der Stadt Düren gewesen, in der nach jahrzehntelanger Vorherrschaft die Mehrheit im Stadtrat gewechselt hatte. Vor ein paar Monaten hätten die Wahlbeobachter vielleicht noch von einer Undenkbarkeit gesprochen, jetzt sprachen sie von einer nicht gänzlich unerwartete Sensation, für das es zwei wesentliche Gründe gab. Zum ersten Mal nach dem Krieg hatten die Sozialliberalen in der Kreisstadt an der Rur den Konservativen den Rang abgelaufen und die Regierungsgewalt im Rathaus übernommen. Die Bahn war frei für Bürgermeister Walter Walter, den charismatischen Genossen, der mit seinem Engagement die Partei aus der Lethargie geweckt und mitgerissen hatte.

„Der wird bestimmt wieder den Titel Oberbürgermeister für sich einführen", ätzte ein älterer Kollege, der aus seiner Sympathie für die Konservativen nie ein Hehl machte. Dieser Titel, eigentlich nur Großstädten mit mehr als 100.000 Einwohner vorbehalten, war Düren bereits 1893 ehrenhalber zugesprochen worden, ebenso wie der eines Oberstadtdirektors, weil die mittelgroße Stadt vor dem ruinösen Kriegsuntergang zu einer der reichsten Kommunen in Deutschland gehört hatte.

Die Mitglieder und die Freunde der Sozialliberalen feierten ausgelassen ihren historischen Sieg. Breuer und seine konservativen Mannen leckten hingegen in ihrer Parteizentrale ihre Wunden, nachdem sie ihre geplante Jubelfeier im Ratssaal abgeblasen hatten. Bei den Verlieren verfestigte sich schnell einer Meinung: Einzig und allein Schramm wegen seiner herabwürdigenden Berichterstattung war für die Niederlage verantwortlich. Während einige Kandidaten schier gelähmt waren, drohten ihm noch am Wahlabend andere wütend Konsequenzen an.

Nach Redaktionsschluss war schließlich die DTB-Mannschaft komplett in die Stadthalle gegangen, wohin der neue, starke Mann im Rathaus nach seinem Überraschungssieg zu einer spontanen Siegesfeier eingeladen hatte. Immerhin hatte man lange gearbeitet und wollte wissen, was die Wahlsieger so trieben.

Schramm war den ganzen Abend über bei der Arbeit ausgesprochen konzentriert und schweigsam gewesen. Bei der Siegesfeier der Sozialliberalen wirkte er äußerst angespannt und nachdenklich, während er abseits stehend die feiernde Gesellschaft beobachtete. Aber eigentlich war er doch wie immer gewesen, dachte sich Bahn, und auch tollpatschig wie immer, denn einmal war ihm der Fotoapparat heruntergefallen, was bei Bahn nur ein Kopfschütteln verursachte.

Das passierte Schramm regelmäßig, darüber konnte die Redaktion nur noch lachen.

Nach seinem Missgeschick hatte sich Schramm kurzentschlossen verabschiedet und war gegangen, während Bahn sich ebenso wie Taschen und viele der anderen, aber doch nicht alle Journalisten aus der Dürener Szene, von den Wahlsiegern aushalten ließ. Was war denn schon dabei? Man musste nur zwischen Dienst und Freizeit trennen können. Niemand fand es in den Journalistenkreisen verwerflich, wenn nach der Arbeit das Vergnügen kam, selbst wenn es mit den Politikern war, mit denen man bei der Alltagsarbeit im Dauerclinch lag.

Schnaps ist eben Schnaps, . . .

Bahn beendete das Telefonat mit Thea mit dem Versprechen, er werde sich wieder bei ihr melden. Außerdem: Wenn sie einmal Hilfe brauche, könne sie ihn jederzeit anrufen. „Versprochen."

Langsam hievte er sich aus seinem Sessel und ging zu Schramms Redaktionsschreibtisch, der in einer dunklen Ecke ihres gemeinsamen Arbeitszimmers stand. Als Taschen angeordnet hatte, dass Schramm seinen Platz in diesem Zimmer bekommen sollte, war Bahn überhaupt nicht davon angetan, und er hatte dafür gesorgt, dass der Schreibtisch des Neuen ziemlich weit entfernt von seinem eigenen stand. Er wollte seine Ruhe haben und Schramm sollte so wenig stören, wie eben möglich. Auch wenn sich die beiden Journalisten in der Zwischenzeit aneinander gewöhnt hatte und kollegial miteinander umgingen, war es bei der Platzverteilung geblieben und musste sich Schramm mit seiner Nische zufrieden geben.

Auf dem Schreibtisch herrschte immer noch das von Schramm positiv umschriebene geordnete Chaos. Bahn schaltete zunächst den Computer an, konnte aber in den Programmen und Dateien nichts finden. Schramm hatte das Gerät, im Gegensatz zu ihm immer nur als Schreibhilfe genutzt, deshalb hatte er es auch nicht durch ein Passwort geschützt. Bahn hingegen hatte auf seinem Gerät alle möglichen Hilfen und Spiele installiert und achtete höllisch darauf, dass bloß niemand sich daran zu schaffen machte.

Er blickte über die Blöcke und Notizzettel, die Schramm auf der Tischplatte verstreut hatte. Dessen handschriftlichen Aufzeichnungen waren alles Anmerkungen aus den vergangenen Wochen zu Artikeln, die längst in der Zeitung erschienen war, wenn Bahn sich richtig erinnerte. Da war nichts von Bedeutung dabei, erkannte er nach einem flüchtigen Blättern.

Er schob die Papiere zur Seite und betrachtete die Schreibunterlage, einen großformatigen Papierkalender, den das Kölner Braunkohle-Unternehmen Rheinbraun alljährlich allen Redaktionsmitgliedern zukommen ließ. Auch darauf fanden sich viele gekritzelte Notizen und Telefonnummer. Ein schwarz umrandeter Satz fiel Bahn auf. Ein Zitat hatte Schramm mit dem Filzschreiber umkreist.

„Ich danke dem Tageblatt, ohne das der Erfolg nicht möglich gewesen wäre", hatte der Kollege ohne Quellenangabe notiert. Vermutlich handelte es sich bei diesem Zitat um eine Aussage in Zusammenhang mit einer Spendenaktion zugunsten eines an Leukämie erkrankten Jungen, dachte sich Bahn. Schramm hatte diese Aktion mit großem persönlichen Einsatz für das DTB im letzten Monat redaktionell betreut und dafür viel Lob aus der Leserschaft und Anerkennung von der Chefredaktion erhalten.

Es war typisch für Schramms Bescheidenheit gewesen, solches Lob für sich so zu notieren, aber nicht groß hinauszuposaunen. Vielleicht hing das aber auch mit dem Lokalchef zusammen, der es gar nicht mochte, wenn sich einer der Freien zu weit in den Vordergrund schob. Da war es schon geraten, die Hierarchie zu wahren und den Erfolg als einen der von Taschen geleiteten Lokalredaktion zu verkaufen und nicht als persönlichen.

Bahn nahm die großformatige Schreibunterlage an sich und verstaute sie in seinem Schreibtisch. Er hatte einen weitaus größeren Verbrauch an Notizpapier als der tote Kollege, da kam sie ihm durchaus gelegen.

Konrads Erbschaft, dachte er bitter.

Ohne sich bei Fräulein Dagmar abzumelden, verließ Bahn die Redaktion. Beim Stollenwerk, der traditionsreichen Gaststätte an der Oberstraße gegenüber der Annakirche, ließ er sich das preiswerte Mittagsgericht servieren. Es wollte ihm aber nicht schmecken. Auch das Kölsch ließ er angetrunken stehen. Der fade Beigeschmack in seinem Mund rührte bestimmt nicht von dem Getränk.

Bahn fühlte sich mies und unruhig. Ziellos schlenderte er durch die Fußgängerzone. In einem CD-Shop gegenüber dem Rathaus kaufte er sich eine CD, deren Titel er aber schon wieder vergessen hatte, als er gegen 15 Uhr in die Redaktion zurückkehrte.

Dort erwartete ihn im Flur schon ein erregter Taschen.

„Du kannst dich gleich wieder auf die Socken machen. Du hast Strafanzeige erstattet wegen

Schramm? Kannst du mir erklären, was das soll?", fauchte der Lokalchef mit stechendem Blick.

„Da ist doch 'was faul an der Sache", entgegnete Bahn gereizt. „Ich spüre das genau."

Aber er erntete nur Hohn von Taschen.

„Du und deine journalistische Spürnase. Kümmere dich lieber darum, dass du endlich 'mal vernünftige Artikel zusammenkriegst." Und der Lokalchef kam wieder auf die aus seiner Sicht überflüssige Strafanzeige zu sprechen.

„Die Anzeige ist Schwachsinn. Das meint Küpper übrigens auch. Er hat eben hier angerufen und wollte mit dir sprechen", klärte Taschen den Kollegen verärgert auf. „Ich habe das Gefühl, du willst mit aller Gewalt etwas konstruieren. Der Kommissar jedenfalls sieht das genauso. Er wollte von mir doch allen Ernstes wissen, was wir am Montag in der Redaktion alles gemacht haben. Das geht den aber überhaupt nichts an."

Taschen erhob drohend seine Hand und schaute Schramm streng an.

„Ich will Ruhe haben in meiner Redaktion. Hier hat keiner reinzuschnüffeln. Du hast Blödsinn gemacht."

Abrupt drehte sich ab.

„Du sollst übrigens heute noch zu Küpper kommen", sagte er im Gehen. „Er wartet in seinem Büro auf dich."

„Warum denn?"

Taschen drehte sich um und blickte Bahn wieder mit durchdringenden Augen an.

„Keine Ahnung, aber er wird es dir sicherlich sagen." Er wandte sich ab und strebte seinem Zimmer zu.

„Mach' bloß keinen Mist", rief er Bahn laut hinterher, der sich zum Büroausgang aufgemacht hatte. „Du bringst die Redaktion bloß in Verruf!"

Verunsichert stieg Bahn in seinen Porsche, fuhr vom Pletzerturm zur Polizeiinspektion und parkte auf dem Besucherparkplatz an der August-Klotz-Straße.

In seinem Büro in der zentralen Kriminalitätsbekämpfung schien Küpper schon auf ihn zu warten. Wenzel hatte es sich in einer Ecke bequem gemacht und mimte den stillen Beobachter, als sich der Journalist auf den Stuhl vor Küppers Schreibtisch niederließ.

Der Kommissar mit dem Bernhardinerblick kam schnell zur Sache.

„Sie haben recht, Herr Bahn. Es gibt tatsächlich einen Anfangsverdacht im Todesfall Schramm", sagte er, während er seinen Besucher mit klaren Augen ausführlich musterte. „Nach meinem Telefonat mit Ihrem Chef gibt es eine Mutmaßung oder den Ansatz einer nicht ganz abwegigen Theorie. "

Interessiert horchte Bahn auf. Sein Instinkt hatte ihn also doch nicht betrogen

„Wer konnte ein Interesse am Tod von Schramm haben, habe ich mich gefragt. Und es gibt tatsächlich einen Interessenten." Der Kommissar legte eine Kunstpause ein und fixierte seinen Besucher: „Sie nämlich, Herr Bahn!"

Der Journalist zuckte zusammen. Mit dieser Attacke hatte er nicht gerechnet. Sofort schnellte sein Puls in die Höhe.

„Wieso?", stammelte er erschrocken. Er meinte puterrot zu werden. „Wie kommen Sie denn bloß darauf?"

Bereitwillig gab ihm der Kommissar eine Antwort, er schien sich sicher, hatte Bahn den Eindruck. Taschen habe ihm erklärt, dass er Schramm nach dessen Verlagsausbildung in die Redaktionsmannschaft aufnehmen wollte, und er, Bahn, damit seinen Platz in Düren verlieren würde, erklärte Küpper offen.

„Das ist doch wohl ein Grund, Schramm gegenüber feindlich eingestellt zu sein. Schließlich war er ja Ihr Rivale. Oder? Ihre berufliche Existenz stand auf dem Spiel."

Bahn schüttelte verständnislos den Kopf.

„Das ist doch Quatsch", brauste er auf. Wo war er da hineingeraten? „Ich war mit Schramm befreundet. Das wissen alle in der Redaktion."

„Und ein Alibi haben Sie auch?", fragte Küpper kameradschaftlich lächelnd, ohne überhaupt auf Bahns Antwort einzugehen.

„Zwischen Mitternacht und zwei Uhr morgens waren Sie doch zu Hause. Nicht wahr? Oder etwa nicht?" Seine Stimme hatte einen leicht drohenden Ton angenommen.

„Natürlich war ich zu Hause! Meine Freundin kann es beschwören", antwortete der Journalist hastig.

„Sehen Sie, und damit stehe ich schon wieder mit leeren Händen da." Küpper stand auf und trat vor den Schreibtisch.

„Wer sonst sollte Schramm umgebracht haben, wenn nicht Sie, Herr Bahn?" Versöhnlich legte er dem verdutzten Journalisten die Hand auf die Schulter, als er ihn zur Tür begleitete. „Gegen Sie gab es einen Anfangsverdacht, der sich nicht bestätigte, selbstverständlich nicht bestätigen konnte. Denn es gibt keinen Unbekannten bei diesem Todesfall. Es war ein Unglück, meinetwegen auch ein Unfall, bei dem Ihr Kollege

71

gestorben ist", meinte er entschieden, ehe er Bahn auf den Flur hinausschob und die Tür hinter ihm schloss.

„Dem hast du aber kurz und schmerzhaft den Zahn gezogen. Der kommt garantiert nicht mehr wieder", freute sich Wenzel spitzbübisch. „Warum die Penner uns bloß immer mit solchem Mist behelligen müssen? Die sollen sich doch um ihren Scheiß kümmern."

Aber Küpper blieb ihm eine Erwiderung schuldig. Er schaute nur stumm aus dem Fenster und sah dem Journalisten nach, der auf dem Parkplatz in seinen Sportwagen gestiegen war und mit einem Kavaliersstart über die Aachener Straße in Richtung Monschauer Straße davon preschte.

Bahn fuhr vom Polizeipräsidium auf dem schnellsten Wege zu seinem Haus in der Boisdorfer Siedlung. Er freute sich auf seine Bleibe an der Kampstraße, hier war er ungestört, ließ man ihn in Ruhe und konnte er unbeobachtet seinen Weg gehen. Vor einiger Zeit hatte er das kleine, alte Siedlungshaus mit einem großen, dicht bewachsenen Garten gekauft. Er hatte noch allerhand bei der Renovierung zu tun und er packte auch jetzt wieder sein Handwerkszeug aus. Beim Umbau und der Modernisierung konnte er sich noch am besten entspannen und seine innere Unruhe verdrängen. Dabei tat sich jetzt ein neues Problem auf, das eigentlich ein altes war. Er hatte sich verkalkuliert bei den Kosten durch Kauf und Umbau und war mehr denn je auf seinen Job bei der Zeitung angewiesen. Niemand wusste von seinem finanziellen Engpass. Nicht einmal Sabine hatte er über die zwar kritische, aber aus seiner Sicht beherrschbare Lage aufgeklärt. Das fehlt ihm noch, dass ihm die Stelle beim Tageblatt gekündigt wurde. Insofern hatte Schramm doch an seinem Stuhl gesägt; aber das brauchte niemand zu wissen.

Vielleicht hatten doch die Konservativen etwas mit Schramms Tod zu tun, dachte er, um sich von seiner eigenen Situation abzulenken. Wenn ein Verdacht auf sie fiele, geriet er aus der Schusslinie; falls überhaupt jemand vermutete, dass er es mit der Wahrheit nicht so genau genommen hatte. Immerhin hatte Schramm die Politkarriere des Spitzenkandidaten Breuer zerstört und die Partei in eine Krise gestürzt. Breuer hatte vor der Wahl der Belegschaft seines Betriebes Sparmaßnahmen und Personalabbau angekündigt, weil er nur so auf dem deutschen Markt konkurrenzfähig bleiben könne. Er hatte seine Offenheit als Wahrheitsliebe verkauft, mit der er auch in der Politik agieren wolle. „Auch wenn die Wahrheit schmerzt, dürfen wir nicht die Augen vor ihr verschließen", war einer der Floskeln, mit der er von seiner Redlichkeit überzeugen wollte. Schramm hatte herausgefunden, dass Breuer ein falsches Spiel trieb. Der konservative Bürgermeister hatte offenbar seine eigene Wahrheit, die sich von der unterschied, die er an der Rur propagierte. Längst hatte er in Irland über eine englische GmbH und mit Zuschüssen der Europäischen Gemeinschaft ein neues Werk eingerichtet und beabsichtigte, den Firmensitz in Düren aufzugeben. International tätige Makler waren bereits mit dem Verkauf des Werksgeländes in Derichsweiler beauftragt. Schramm hatte nach einem anonymen Hinweis lange und sorgfältig recherchiert und war erst dann mit einer Artikelserie an die Öffentlichkeit getreten, nachdem seine Recherche lückenlos war und die Rechtsabteilung des Verlags eine Veröffentlichung abgesegnet hatte. Nach Aufdeckung des Skandals, der fast 200 Mitarbeiter in die Arbeitslosigkeit schicken würde, war es für die Konservativen zu spät, um einen neuen Spitzenkandidaten zu küren. Die Nominierungsfristen waren abgelaufen, der Wahltermin stand kurz bevor.

Bahn hatte allen Grund, unruhig zu sein. Er fragte sich, während er im Hausflur die Schlitze mit den neu gelegten Stromleitungen mit Spachtelmasse schloss, warum er bloß Küpper angelogen hatte. Aber es war in dessen Büro alles so schnell gegangen. Außerdem hatten die Polizisten ja den Fall abgehakt und so würde seine Lüge auch nicht weiter ins Gewicht fallen, redete er sich beschwichtigend ein.

Obendrein ärgerte er sich über Taschen, der dem Kommissar gegenüber eine vermeintliche Rivalität zwischen ihm und Schramm angedeutet hatte. Wo bleibt denn hier die redaktionelle Verschwiegenheit, fragte er sich. Was sollte das? Aber für Chefs galten wohl immer andere Bedingungen.

Zugleich war Bahn über die Machenschaften hinter seinem Rücken völlig überrascht, denn von der personellen Überlegung von Taschen hatte er nichts geahnt.

Aber ob ihm das jemand glauben würde?

Donnerstag, 7. November

Die Kollegen hatten am Morgen richtig gemutmaßt. Der lautstarke Streit, der das Klima in der Redaktion vergiften würde, war vorhersehbar, als Bahn grußlos in die Tageblatt-Redaktion stürmte.

„Was soll denn die Scheiße", fuhr er wütend Taschen an, der es sich in einem prächtigen Sessel hinter dem großen Schreibtisch in seinem Zimmer bequem gemacht hatte. Der Lokalchef liebte es, mit Blick aus dem Fenster hinaus zur Konkurrenz der Dürener Zeitung zu repräsentieren und mit seinen journalistischen Leistungen zu kokettieren. Er hatte in seinen wenigen Berufsjahren schon einige Journalistenpreise eingeheimst für unterhaltsame Reportagen und pointierte Kommentare. Viele waren verwundert, dass er nicht dem Ruf einer der großen Tageszeitungen gefolgt war, sondern die Stelle als Lokalchef beim Dürener Tageblatt angenommen hatte. Aber er war bequem, ruhte sich jetzt schon auf seinem beruflichen Lorbeer aus, wie die Kollegen schnell bemerkten, wenn er sich nicht an den Alltäglichkeiten aufhielt, sondern lieber eine langwierige Recherche begann, dessen Ergebnis dann entweder im Mantelteil des Tageblatts oder in einer Fachzeitschrift landete. Nicht viel älter als Bahn war er schon stark angegraut, weshalb ihn jedermann in der Redaktion respektvoll oder auch ängstlich als graue Eminenz bezeichnete. Gefürchtet waren seine oft sarkastischen Kritiken. Und sein arrogant wirkendes Grinsen und der herabwürdigende Blick wirkten auf Bahn noch unverschämter als üblich.

„Warum schwärzt du mich eigentlich bei der Kripo an?", fragte er erregt.

Taschen reagierte zunächst überhaupt nicht. Er ließ sich gefährlich lange Zeit und stellte endlich gereizt eine Gegenfrage, ohne auf Bahns Frage einzugehen. Er interessiert ihn überhaupt nicht, wie dessen Gespräch mit Küpper verlaufen war.

„Wieso kommst du dazu, meine Zeitung in Verruf zu bringen?", fragte er stattdessen spitz. Seine stechenden Augen waren zu bedrohlichen Schlitzen geworden. Aus seiner Antipathie gegen Bahn machte er kein Hehl mehr. Jetzt wurde sie noch deutlicher als bei früheren Auseinandersetzungen.

„Wieso?", fragte Bahn verdattert. Sein Konzept der Attacke war von Taschen leicht ausgehebelt worden, was ihn fuchste, und er ließ sich die Gesprächsführung aus der Hand nehmen, was ihn noch mehr fuchste, wogegen er sich aber auch nicht wehren konnte.

Der Lokalchef warf ihm mit verächtlicher Geste den Kölner Express vor die Füße.

„Prima", meinte er ironisch, „wirklich prima. Lies! Besser kannst du uns gar nicht in aller Welt blamieren."

„Kollege in Verdacht!" Erschrocken las Bahn die Überschrift in großen Lettern. Er sah sich genötigt, sich zu bücken und nach der Zeitung zu greifen. Hastig überflog er den von Taschen mit roten, dicken Strichen markierten Artikel. Das Boulevardblatt hatte darin präzise berichtet, dass gegen den Dürener Kollegen B. des verstorbenen Journalisten Schramm ein Anfangsverdacht wegen eines Tötungsdeliktes bestanden habe. Dieser Anfangsverdacht sei aber inzwischen als unbegründet ausgeräumt worden. Illustriert war der Bericht, dessen Überschrift fast mehr Platz verbrauchte als der Text mit den wenigen dürftigen Zeilen, mit einem Bild vom Wassergraben von Schloss Burgau. Das Foto war noch größer als das Geschriebene und war untertitelt mit dem Hinweis auf den „Tatort". Korrekterweise hätte es Fundort heißen müssen, knurrte Bahn in sich hinein. Aber so genau nahm man es wohl nicht beim Boulevard, und der Leser würde selbst dann von einem Tatort sprechen, wenn es sich tatsächlich um einen Fundort handelte.

„Ist doch alles klar", meinte Bahn erleichtert. Er versuchte, lässig zu wirken, obwohl er glaubte, sein rasender Puls würde bald seinen Schädel platzen lassen. „Ich weiß gar nicht, was du überhaupt willst." Es ärgerte ihn zwar ungemein, dass die Informationen bekannt geworden waren, aber er zeigte es seinem Chef nicht.

„Nichts ist klar." Taschen zeigte sich ungehalten. „Durch deine Person wird das Dürener Tageblatt hier in einen Zusammenhang mit dem Tod von Konrad Schramm gebracht. Das ist wirklich gut fürs Image", spöttelte er. „Das hast du hervorragend hingekriegt. Der Verdacht, du könntest bei seinem Tod nachgeholfen haben, wird immer an dir hängen bleiben und damit auch am Dürener Tageblatt."

„Blödsinn", knurrte Bahn. „Da redet in ein paar Tagen doch kein Mensch mehr drüber." Er glaubte seiner Behauptung selbst nicht. Es war nur eine Frage der Zeit, bis ihn jemand ansprechen würde. Dazu war zu bekannt in Düren.

„Da irrst du aber gewaltig, mein Lieber", widersprach Taschen heftig. „Heute haben mich schon zwei Leser angerufen und gefragt, ob das stimmt, was da im Express steht. Was wir doch für ein Sauhaufen seien."

79

Böse funkelte er den Kollegen an. „Das wird Konsequenzen haben! Das muss Konsequenzen für dich haben!"

„Und welche, wenn ich fragen darf?" Bahn war erbost und zugleich verunsichert.

Mit übertriebener Höflichkeit klärte ihn der Lokalchef auf.

„Ich werde mit der Chefredaktion und der Verlagsleitung über dich reden müssen. Du bist für mich in dieser Redaktion untragbar geworden." Taschen blickte seinen Untergebenen feindselig an.

„Für dich ist in Düren kein Platz mehr, Helmut. Am besten ist es, wenn du von dir aus kündigst, bevor der Verlag dir die Papiere gibt. Du hättest besser den Schwachsinn mit der Strafanzeige lassen sollen."

„Das ist doch kein Kündigungsgrund", wehrte sich Bahn. Er war perplex und fühlte sich schlapp.

„Da hast du vielleicht recht", räumte Taschen bereitwillig ein. „Aber der Artikel heute im Express, der ist meines Erachtens eindeutig ein Kündigungsgrund. Du kennst doch meine Redaktionsrichtlinien. Oder?" Taschen zog demonstrativ ein Blatt aus einer Schreibtischschublade. „Nur für den Fall, dass du es vergessen hast."

Er las laut und pointiert vor: „Der Redakteur hat alles zu unterlassen, das den Namen des Dürener Tageblatts in Misskredit bringen oder seinen Ruf schädigen könnte." Der Lokalchef blickte Bahn wieder durchdringend an. „Aber gerade das hast du getan." Er grinste gehässig wie ein Schachspieler, der seinen Kontrahenten demütigte und ihm zum Schluss auch noch die letzte Figur raubte, um den König blank auf dem Brett stehen zu lassen.

„Ein Verstoß gegen die Redaktionsrichtlinien rechtfertigt eine Kündigung. Das wird dir jedes Arbeitsgericht bestätigen." Taschen legte das Blatt zurück.

„Überlege es dir gut bis morgen, was du beabsichtigst, bevor ich in Köln anrufe." Mit einem herrischen Wink deutete er Bahn an, er möge gefälligst das Zimmer verlassen.

Verunsichert wandte sich Bahn ab. Er wusste nicht, welchen Gedanken er fassen sollte. Zu viele schwirrten gleichzeitig in seinem Kopf herum.

„Ach ja, noch etwas", sprach ihn Taschen scheinheilig von hinten an. „Hast du der Kripo etwa nicht gesagt, dass du die Montagnacht gar nicht zu Hause verbracht hast und erst gegen sechs Uhr am Dienstag im Bett warst?"

Bahn erstarrte. Seine Nackenhaare sträubten sich. Taschen wusste, dass er Küpper nicht die Wahrheit gesagt hatte.

Doch ehe er nachfragen konnte, ritt sein Vorgesetzter die Attacke weiter: „Ich kann dir jetzt schon sagen, was morgen im Express steht. Willst du es hören?"

Ohne auf Bahns Antwort zu warten, setzte er seine hämische Rede fort: „Wo war B. in der Nacht, in der Schramm starb?" Taschen erhob sich von seinem Sessel: „Und dann bist du endgültig geliefert, mein Lieber!"

Bahn spürte, dass es keinen Zweck hatte, weiter mit Taschen zu streiten. Er ging und versteckte sich hinter seinem Schreibtisch. Kein Wunder, dachte er sich, dass der Express bestens informiert ist über die Ereignisse in Düren. Schließlich war Taschen vom Kölner Neven-Dumont-Verlag, in dem auch der Express erschien, zum Zeitungs- und Zeitschriftenverlag Köln, dem Herausgeber des Dürener Tageblatts, gewechselt. Wie schon andere Kollegen zuvor und seinen Vorgänger hatte es ihn vom Rhein an die Rur verschlagen. Sie zogen die Ruhe in der vermeintlichen Provinz der Hektik der Rheinmetropole vor und halten zugleich die Zeit, eigene Geschichten zu schreiben.

Alte Seilschaften halten ewig, meinte Bahn bitter. Und garantiert kassierte Taschen für das Liefern von Informationen ein sattes Honorar. Aber diese Behauptung würde er niemals laut äußern, auch wenn sie zutraf. Niemand würde ihm zustimmen, alle würden eine Nebentätigkeit abstreiten.

Doch durfte Bahn über die angenehmen Nebengeräusche des Jobs eigentlich nicht meckern, spielte er dieses Spiel doch wie viele andere Kollegen mit. Die Fotohonorare der Bild-Zeitung und die Gegenleistungen für telefonische Tipps waren nicht von schlechten Eltern. Sein gebraucht gekaufter Porsche war der sichtbare Beweis dafür. Er hatte ihn bezahlt mit den zur Seite gelegten Honoraren.

Nur Konrad Schramm hatte sich an solchen Dingen nicht aufgehalten. Er hatte nur für das DTB gearbeitet, ließ sich nichts zu Schulden kommen und arbeitete zielstrebig an seiner Karriere.

Was hatte er davon?

Nichts. Er war tot.

An diesem Morgen ging Bahn den Kollegen aus dem Weg. Er wollte seine Ruhe haben. Und sie ließen ihm die Ruhe, weil sie nicht wussten, wie sie ein Gespräch mit ihm anfangen sollten.

Am besten wird es wohl sein, Küpper anzurufen, überlegte er sich und tippte herzklopfend die Rufnummer ins Telefon.

Der Kommissar war im Bilde. Taschen habe ihm das fehlende Alibi von Bahn nicht vorenthalten. Er habe es bereits gestern gewusst, wollte da aber noch nicht damit rausrücken.

„Es hat mich allerdings schon überrascht, dass Sie mich gestern belogen haben, Herr Bahn", warf er dem Journalisten dennoch vor.

Küpper war wohl nicht so harmlos, wie es der Bernhardinerblick glauben machen wollte, stellte Bahn erstaunt fest.

„Aber keine Bange", beruhigte ihn der Kommissar umgehend. „Das macht Sie nicht zum Täter. Ihr Kollege Schramm hatte einen Unfall. Das steht für mich einwandfrei fest. Obduktion und die Untersuchung des Fundortes lassen keine Zweifel zu." Kurz hustete er. „Es ist nur gut, dass Sie von sich aus auf mich zugekommen sind. Ich bin nicht nachtragend."

Trotz dieser Beruhigung blieb bei Bahn ein bitterer Beigeschmack. Er wollte nicht unbedingt preisgeben, dass er in der Nacht fremdgegangen war. Er war noch zum „Markt 30", der ehemaligen Diskothek „Rustica", gefahren und hatte dort eine liebebedürftige Ehefrau aufgegabelt, die ihn mitgenommen hatte. Vor seiner

Dauerfreundin Gisela hatte er den Seitensprung verbergen können. Sie hatte nicht bemerkt, dass er erst am Morgen ins Bett gekrabbelt kam.

„Wie wär's mit einem kleinen Handel, Herr Bahn?", schlug Küpper jovial vor.

„Sie ziehen die Strafanzeige zurück und ich schicke ein Fax an die Medien, in dem ich ausdrücklich erkläre, dass es keinen Verdacht gegen Sie gibt und Ihr Alibi in der Mordnacht keinerlei Zweifel aufkommen lässt. Zur Not haben Sie ja immer noch Ihre Zufallsbekanntschaft als Zeugin in der Hinterhand."

„Okay", willigte Bahn spontan und erleichtert ein. Er musste sich zwar eingestehen, nicht einmal den Namen seines One-Night-Stands zu kennen, aber er wusste, wo die Frau in Gürzenich wohnte. Damit wäre Taschen und auch dem Express der Wind aus den Segeln genommen. „Wir machen es so."

Völlig zufrieden war Bahn mit diesem Ausgang nicht, aber er schien der sinnvolle zu sein. Auch Küpper konnte mit dieser Vereinbarung gut leben, blieb ihm doch viel Schreibkram erspart.

Taschen hatte der Redaktionssekretärin aufgetragen, den von Schramm benutzten Schreibtisch leerzuräumen und alles wegzuwerfen, was nicht mehr benötigt wurde.

Fräulein Dagmar fühlte sich mit dieser Aufgabe überfordert. Sie bat Bahn, ihr zu helfen und die Berge von Papieren, Fotos und Negativen zu sichten.

„Wie soll ich denn wissen, was für euch Redakteure wichtig ist und was nicht?"

Bahn stimmte ihrer Bitte bereitwillig zu. Er verschwieg ihr allerdings, dass er den großen Rheinbraun-Schreibblock schon längst für sich einkassiert hatte. Gemeinsam wühlten sie sich durch den Blätterwald.

„Was meinst du, muss ich kündigen?", fragte Bahn unvermittelt die altgediente Sekretärin, während er ihr den vollen, schweren Pappkarton abnahm, um ihn im Papiercontainer zu leeren. Vor ihr brauchte er keine Geheimnisse zu haben. Sie hörte in der Redaktion ohnehin alle Flöhe husten. Es hatte keinen Zweck, ihr etwas vorzuspielen. Wahrscheinlich kannte sie schon längst den Anlass seines Streits mit Taschen

„Hier machst du jedenfalls keine Schnitte mehr. Du bist unter durch, Helmut", antwortete Fräulein Dagmar. Auch wenn es ihr leid täte, es wäre besser, wenn er gehen würde. Sie hatte in all ihren fast 30 Dienstjahren immer das klare Wort gesprochen und war gut damit gefahren. „Du und Taschen, das ist wie Katze und Hund. Du magst ihn nicht, weil er dir vorgesetzt wurde, obwohl du auf den Chefposten gehofft hattest und Nachfolger vom Schmahl werden wolltest. Und Taschen mag dich nicht, weil er stets befürchten muss, du wolltest an seinem Chefsessel sägen. Außerdem mag er dich als Mensch nicht. Die Chemie stimmt einfach nicht. Das gibt nie was mit euch beiden."

Nachdenklich stöberte Bahn durch Schramms Unterlagen. Es fanden sich zum Teil Notizen von Terminen, die bereits Monate her waren.

„Hier." Die Sekretärin hielt Bahn einen dicken Schnellhefter hin, den sie aus dem Tisch geholt hatte. „Ich habe für Konrad alle Artikel über die Konservativen und die Sozialliberalen im Wahlkampf ausgeschnitten. Er hatte mich darum gebeten. Was er damit wollte? Keine Ahnung."

Bahn nahm die Mappe an sich und legte sie in seine Schublade. Zu Archivzwecken waren die Artikel allemal zu gebrauchen, dachte er sich.

Ein kleiner Zettel war aus dem Schnellhefter zu Boden gefallen. Bahn hob ihn auf.

Schramm hatte in der ihm typischen Art darauf lediglich notiert: „4.11.20.L.24.1."

Aus Schramms Notizen war für Uneingeweihte wahrlich nur schwer etwas heraus zu lesen. Seine geheimnisvolle Art hatte schon für manchen Lacher in der Redaktion gesorgt, etwa als ein Kollege einmal einen Zettel mit der Notiz „1KT" gefunden hatte. Das hatte ganz einfach „ein Paket Kaffee bei Tchibo kaufen" geheißen, hatte Schramm die rätselnden Redakteure wie selbstverständlich aufgeklärt.

Den Zettel, den Bahn in der Hand hielt, konnte er zum größten Teil leicht entziffern: „Am 4. November um 20 Uhr Treffen bei Laufenberg", das war für Bahn offensichtlich, „um 24 Uhr, . . ." Aber dann?

Was bedeutet bloß die Eins?, fragte sich Bahn. Jedenfalls ließ sich daraus schließen, dass Schramm nach dem Redaktionsstammtisch noch einen weiteren Termin hatte, sich noch mit irgendjemanden verabredet hatte. Das stand für Bahn nach dieser Notiz einwandfrei fest.

Zunächst wollte Bahn den Kommissar über seinen Fund unterrichten. Mit dem konnte man wahrscheinlich gut reden. Doch ließ er davon ab und wählte die Telefonnummer von Thea Schramm. Sie hob tatsächlich ab.

„Ja", bestätigte sie auf seine Frage. „Konrad wollte sich um Mitternacht nach eurem Treffen noch mit einem Typen treffen." Aber sie wisse nicht, mit wem und warum. Es sei nicht so wichtig gewesen und nur eine Sache von ein paar wenigen Minuten, habe Konrad ihr versichert.

Bahn legte auch den Notizzettel beiseite.

Den restlichen Papierhaufen stopfte er gemeinsam mit Fräulein Dagmar in den Pappkarton, der er später im Altpapiercontainer entsorgen würde.

Einige Papierabzüge gab Bahn der Sekretärin für das Bilderarchiv der Redaktion. Die Fotonegative, die Schramm belichtet und entwickelt hatte, warf er weg. Sie waren nach Bahn Auffassung fast alle unbrauchbar, einfach stümperhaft, viel zu blass in den Konturen. Bei vielen Motiven war für ihn nicht erkennbar, aus welchem Anlass sie entstanden waren. Fünf, sechs Figuren in einer Reihe konnten Jubilare bei einer Feier sein oder der Vereinsvorstand bei einer Jahreshauptversammlung. Schramm hatte einfach keinen Blick dafür, wie er aus dem Üblichen etwas Besonderes machen konnte, er konnte einfach nicht fotografieren, urteilte Bahn, der sich selbst als ausgesprochenen Fotofanatiker bezeichnete.

In aller Regel hatte er die Bilder und Schramm die Texte gemacht, wenn sie zusammen auf

Story-Jagd gewesen waren. In dieser Kombination hatten sie so manchen viel beachteten Bericht zusammenbekommen. Er erinnerte sich an so manche Geschichte, wie etwa die von dem Pferd, das auf einer Rurbrücke bei Lendersdorf eingebrochen war, oder die von dem vermeintlichen Fund eines ausgesetzten Säuglings in einem Pappkarton bei Girbelsrath. Aber auch die Berichterstattung über die große Annakirmes in Düren Ende Juli war eine schöne Co-Produktion gewesen.

Schramm hatte besser schreiben können als er, gestand sich Bahn unumwunden ein. Er hingegen war der bessere Organisator und Fotograf gewesen. Darauf hatte sich Schramm auch immer verlassen.

Es hatte dem sympathischen Kollegen die Hochachtung eingebracht, als er, von Bahn einmal auf den besseren Schreibstil aufmerksam gemacht, nur bescheiden erwiderte: „Ein Bild sagt mehr als tausend Worte. Und deine Bilder sagen noch mehr."

Bahn konnte und wollte es einfach nicht glauben, dass dieser Kollege es darauf abgesehen haben sollte, ihn in der Redaktion zu wippen. Bei aller Klüngelei, dem Lieblingsspiel vieler Rheinländer, das auch er als gebürtiger Dürener in Reinkultur beherrschte, war allein der Gedanke daran für Bahn absurd.

Konrad Schramm war einfach nicht der Typ für ein Intrigantentum gewesen.

Dafür hätte Bahn jederzeit eine Hand ins Feuer gelegt.

Freitag, 8. November

Bevor Bahn am Morgen über Mariaweiler zu Schramms Beerdigung nach Birkesdorf fuhr, kaufte er sich an einem Kiosk in Rölsdorf noch einen Express, den er, verkehrsbehindernd an der vielbefahrenen Straße parkend, hastig in seinem Porsche durchblätterte. Küpper hatte seine Zusage eingehalten. Das Fax der Dürener Kriminalpolizei hatte offensichtlich gewirkt, wie Bahn aufatmend feststellte. Das Boulevardblatt vom Rhein hatte auf einen weiteren Artikel verzichtet.

Er würde bei zukünftigen Ereignissen ein wenig mehr Wohlwollen gegenüber der Kripo an den Tag legen, nahm sich Bahn vor. Bislang war Küpper für ihn eher als Informationslieferant nützlich gewesen denn ein Mensch, mit dem er Verabredungen treffen könnte. Seine Beziehung zu dem Bernhardiner könnte durchaus intensiver werden, sagte er sich. Zugleich wertete Bahn den Verzicht auf eine Berichterstattung als einen Pluspunkt für sich im Streit mit Taschen.

Er stieß auf seinen Chef auf dem Parkplatz vor dem Evangelischen Gemeindezentrum an der Matthias-Claudius-Straße, als er aus seinem Porsche stieg, den er mangels freiem Platz vor einer Garage abstellte. Taschen hatte offensichtlich schon vor dem Zentrum, in dem der Trauergottesdienst stattfinden sollte, auf ihn gewartet.

Ob er mit Küpper gesprochen haben, wollte Taschen statt einer Begrüßung neugierig wissen. Wie er darauf bloß käme, entgegnete Bahn mit einem breiten, provokanten Grinsen.

Taschen ließ ihn daraufhin wortlos stehen.

Zur schlichten Feier hatten sich neben Schramms Frau nur noch einige Verwandte und Bekannte sowie Taschen und Bahn als Vertreter der DTB-Lokalredaktion und ein freier Mitarbeiter der Dürener Nachrichten eingefunden. Der Sarg, auf dem ein großformatiges Porträt des Verstorbenen in einem Bilderrahmen prangte, stand fast in Griffweite zu den wenigen Teilnehmer, die in dem nüchternen Saal aus Beton und

Kalksandsteinen auf den in einem Halbkreis angeordneten Stuhlreihen Platz genommen hatten.

Bahn setzte sich demonstrativ weit entfernt von Taschen neben dem Freien der Nachrichten. Mit dem gleichaltrigen Lars Krupp, der wie Schramm in Birkesdorf wohnte, war Schramm oft bei Terminen zusammengetroffen. Zwischen den beiden Nachwuchsjournalisten hatte sich trotz aller Konkurrenz der lokalen Blätter ein kameradschaftliches Verhältnis entwickelt, bei dem man sich auch gelegentlich durch den Austausch von Informationen unterstützte. Bahn hatte diese Zusammenarbeit nicht gerne gesehen. Der Konkurrenz zu helfen, das ging gegen seine Berufsauffassung. Aber, was soll's?, sagte er sich jetzt, während er auf den Sarg stierte und sich über seine Zeitung wunderte. Das Dürener Tageblatt fehlte mit einem Blumenschmuck. Dagegen wirkten die Kränze, die die beiden anderen Lokalzeitungen in respektvoller Hochachtung vor Schramm neben dem Sarg hatten aufstellen lassen, werbewirksam und raumfüllend.

Unkonzentriert folgte Bahn dem Gottesdienst, mechanisch trottete er anschließend hinter der kleinen Trauergemeinde die wenigen Schritte vom Gemeindezentrum zum Friedhof auf der anderen Straßenseite.

Am offenen Grab richtete Taschen demonstrativ die Schleife eines Kranzes, mit dem der Zeitungs- und Zeitschriftenverlag und die Tageblatt-Redaktion ihre Anteilnahme bekundeten. Mit einem kurzen Nicken in Richtung der jungen Witwe wandte sich der Lokalchef von der Grabstelle ab und ging dann rasch zum Ausgang. Journalistisch ein Genie, menschlich ein Arsch, der Ausdruck, den Bahn über einen anderen Kollegen gehört hatte, hatte auch für Taschen Geltung. Für den Lokalchef hatte sich dieser Pflichttermin erledigt. In der Redaktion wartete die Arbeit auf ihn.

Bahn hingegen verharrte für einige Sekunden vor dem abgesenkten Sarg. Ihm schossen Tränen in die Augen. Auf diese Art Abschied für immer zu nehmen, das war schon verdammt hart. Bahn drehte sich um und schaute in das ausdruckslose Gesicht von Thea.

Schramms Witwe zeigte ihre Trauer nicht, sie befand sich in einer Lethargie, in der die Realität wie ein Film an ihr vorbeizog. Ihre Eltern standen weinend neben ihr.

Spontan und unvermittelt schritt Bahn auf die schwangere Frau zu. Er umarmte sie fest und flüsterte ihr ins Ohr: „Ruf' mich an, wenn du 'was brauchst. Ich bin immer für euch da." Bahn erschrak über seine Spontaneität. Aber es war ihm ein inneres Bedürfnis gewesen, Thea zu umarmen. Er konnte sich nur nicht erklären, warum.

Gedankenverloren ging Bahn ging zu seinem Wagen zurück, als Krupp fragend hinter ihm herrief, ob er ihn nicht in die Innenstadt mitnehmen könne. Krupp sah einfach nicht ein, den Führerschein zu machen und sich einen eigenen fahrbaren Untersatz anzuschaffen. Er suchte immer nach der günstigsten Lösung, zu seinem nächsten Ziel zu kommen.
Bahn willigte sofort ein, und Krupp kletterte mühsam in den flachen Sportwagen. Wieder wunderte sich Bahn über sich. Die Mitarbeiter der Nachrichten und auch der Dürener Zeitung hasste er normalerweise wie die Pest, eben weil sie Konkurrenten waren. Bei Terminen blickte er sie nicht einmal an und redete nur das Nötigste mit ihnen, wenn es sich gar nicht vermeiden ließ. In dieser traurigen Situation aber war es für ihn selbstverständlich, dass er Krupp mitnahm. Der Jungspund gehörte zu den wenigen der Konkurrenz, den er wegen dessen Freundschaft zu Schramm duldete.

Die beiden schwiegen sich an, als Bahn den Wagen über die Ringstraße und die Nordstraße durch Birkesdorf lenkte. Wie nicht anderes zu erwarten, stoppte das Rotlicht an der Kreuzung vor der Post an der Schüllsmühle die Fahrt. Das wäre ja auch eine Überraschung gewesen, wenn er einmal in seinem Leben eine grüne Welle durch Birkesdorf und Düren erwischen würde.

In Birkesdorf gebe es halt entweder Stau oder Rot, bemerkte Krupp, nur um überhaupt etwas zu sagen.

Gibt es den keine wichtigeren Themen als den Straßenverkehr, dachte sich Bahn, gleich fängt der noch vom Wetter an.

„Habt ihr keinen Job für mich?", fragte er unvermittelt seinen Beifahrer, der ihn ungläubig anschaute.

„Wieso denn das?"

Er wolle wechseln, offenbarte Bahn. Er habe die Schnauze gestrichen voll beim DTB und besonders von Taschen. Mit dem Arsch werde er wohl niemals warm werden.

„Du bei uns?" Krupp musste unweigerlich grinsen. „Das wäre der Treppenwitz des Jahrhunderts. Der schwarze Helmut will zum roten

Blättchen wechseln." Er schüttelte verständnislos den Kopf. „ Hast Du es denn schon einmal bei der DZ versucht?"

„Das hat doch überhaupt keinen Zweck, die sind doch voll", erwiderte Bahn.

„Ich weiß gar nicht, was du noch willst. Du sitzt doch wieder fest im Sattel nach Konrads Unfall. Du hast jetzt doch keinen Konkurrenten mehr."

„Was erzählst du denn für einen Schwachsinn", brauste Bahn auf. „Erstens, es gab keine Konkurrenz zwischen Konrad und mir. Und zweitens, meinst du etwa, es bereitet mir Freude, meinen Posten durch den Tod eines Freundes erhalten zu können? Oder ich lasse mir nachsagen, ich habe den Job nur noch, weil Konrad tot ist? Dass ich quasi nur der Ersatzmann bin? Da irrst du aber gewaltig. Das lasse ich nicht mit mir machen. Ich habe tatsächlich keinen Bock mehr auf diesen Scheißladen. Die können mich mal. Das Tageblatt ist für mich gestorben."

„Was hat denn der Tod von Konrad damit zu tun?" Krupp suchte einen Aschenbecher, den er aber nicht finden konnte, weil der Nichtraucher Bahn ihn aus dem Porsche ausgebaut hatte. Krupp schob die Zigarette notgedrungen zurück in die Schachtel und erzählte beinahe schon gelangweilt: „Weißt du etwa nicht, dass

Konrad überhaupt kein Volontariat bei eurem Verlag bekommen hätte?"

Vor Überraschung trat Bahn auf die Bremse. „Was erzählst du denn da für 'nen Scheiß?" Ungläubig blickte er seinen Beifahrer an, der sich am Handgriff über der Tür festgeklammert hatte.

Krupp wollte sich zuerst bedeckt halten und schaute schweigend aus dem Fenster.

Doch Bahn drängelte auf eine Antwort: „Konrad ist tot. Du kannst ihm jetzt nicht mehr schaden. Was weißt du, was ich nicht weiß, aber wissen sollte?"

„Na, gut." Krupp schnaufte durch und begann zu erzählen. Schramm habe ihn am Montag gegen 18 Uhr mit nach Birkesdorf genommen, wie so oft, wenn sie fast zeitgleich Feierabend machten. „Bei der Fahrt hat er mir dann gesagt, dass er sich das Volontariat abschminken könne. Das hat ihm Taschen wohl gegen Mittag gesagt." Der Lokalchef soll erklärt haben, der Verlag hätte sich gegen Schramm und für einen Aspiranten aus Bergheim entschieden, berichtete Krupp, dabei zugleich beschwichtigend die Arme hebend. „Das würde ich allerdings nicht beschwören."

„Wir sind hier nicht vor Gericht", knurrte Bahn.

98

„Das war natürlich ein Hammer für Konrad, das kannst du dir ja denken", fuhr Krupp fort. „Studium geschmissen, Frau schwanger und keine Aussicht auf eine Festanstellung. Die ganze Arbeit als freier Mitarbeiter war umsonst gewesen. Für'n Appel und 'n Ei hat der sich bei euch krummgelegt. Und wofür? Für nix!" Taschen habe sogar Schramm aufgefordert, er solle sich nach etwas anderem umsehen. Seine Zeit beim DTB neige sich dem Ende zu.

Krupp genierte sich fast.

„Konrad hatte mich gebeten, niemandem etwas über diese Quasi-Kündigung zu sagen, damit seine Frau nicht hintenherum etwas erführe und beunruhigt würde. Er hat mich dann auch noch gefragt, ob wir bei den Nachrichten nicht einen Job für ihn hätten." Aber das habe sich ja jetzt erledigt, meinte Krupp verschämt.

Für eine Weile schweigend schaute er wieder aus dem Seitenfenster und erblickte dabei das alte Gerichtsgebäude.

„Ich kann mir gut vorstellen, dass Konrad Selbstmord begangen hat", setzte er Minuten später das Gespräch fort, während Bahn durch die Einbahnstraßen der Innenstadt in Richtung Redaktion kurvte. „Irgendwann war auch der 'mal am Ende. Nach dem totalen Einsatz während der letzten Zeit jetzt dieser Rausschmiss.

Das muss den armen Kerl vollkommen fertig gemacht haben." Und mit der Aufdeckung des Skandals bei Breuer habe er sich auch keine Freunde geschaffen.

„Bei eurer konservativen Zeitung ist das ja schon gleichbedeutend mit einem Todesurteil!" Krupp sah es nüchtern: „Obwohl die Story bombig war, hat Konrad sich im Endeffekt damit nur geschadet. Er hätte besser die Klappe gehalten." Krupp verzog sein Gesicht zu einer Grimasse. „Da ist seine Recherche zu einer für ihn tödlichen geworden."

„Blödsinn!" Bahn widersprach heftig. „Konrad war ein Kämpfer. Der hatte sich bei uns in der Redaktion gegen alle anderen freien Mitarbeiter durchgesetzt und hätte auch woanders seinen Weg gemacht. Der arbeitete doch fast schon wie ein Redakteur."

Die Geschichte über Breuer habe Schramm auf Anraten von Taschen gemacht. Sie sei im Prinzip seine Bewerbung gewesen. „Die war bis ins letzte Detail recherchiert und sogar von der Chefredaktion abgesegnet. Da ist dem im Verlag garantiert kein Strick draus gedreht worden", versuchte Bahn überzeugend zu sagen. Aber ganz so sicher war er sich da nicht mehr.

Jedoch verstand er jetzt auch, warum Schramm nachdenklich „So far away" pfeifend nach dem

Gespräch mit der Eminenz ins Zimmer gekommen war.

Schramm hatte immer gepfiffen, wenn die Situation brenzlig wurde, wiederholte er einen früheren Gedanken.

Bahn ließ den Nachrichten-Mitarbeiter an der Wilhelmstraße aussteigen und suchte erfolgreich am Pletzerturm einen Parkplatz; ausnahmsweise einmal ohne das Risiko, ein Knöllchen zu erhalten, weil ihm ein Passant einen noch eineinhalb Stunden gültigen Parkschein schenkte.

Bahn war Profi genug, um die redaktionelle Alltagsarbeit routinemäßig zu absolvieren. Am Freitag, dem Samstag der Redakteure, war erfahrungsgemäß wenig zu tun. Die Aufmacher für die Wochenendausgabe waren schon seit Tagen im Kasten. Die beiden anderen Redakteure hatten während seiner Abwesenheit die Manuskripte der Mitarbeiter bearbeitet und die Meldungen geschrieben. Für Bahn blieb nur noch das Layouten der hinteren Seiten übrig.

Die erste Seite war Chefsache. Darüber machte er sich gar keine Gedanken. Er würde sich am Samstag den Schrott ansehen, den Taschen fabriziert hatte. Montags gab es dann regelmäßig

Ärger, wenn der Redakteur des Sonntagsdienstes die Seite nicht so gestaltet hatte, wie er sie nach Auffassung des Lokalchefs hätte gestalten müssen, der eine sehr eigenwillige Art das Layoutens hatte, die er allen aufzwingen wollte, weil er damit einmal einen Gestaltungspreis gewonnen hatte.

Dass es am Montag gewaltigen Zoff geben würde, war Bahn jetzt schon klar. Er hatte Dienst am Wochenende und obendrein eine völlig andere Auffassung von der Seitengestaltung als die Eminenz. Außerdem würde sich das Klima bis zur nächsten Woche nicht maßgeblich verbessert haben, mutmaßte Bahn.

Es hat keinen Zweck mehr, befand er für sich. Ende des Jahres hau' ich in den Sack! Egal, wie das Gespräch von Taschen über ihn mit dem Kölner Zentrale laufen würde. Er würde nicht danach fragen, nahm er sich vor. Es interessierte ihn nicht mehr. Finanziell würde er einigermaßen über die Runden kommen, glaubte er. Er würde nun doch den schon so oft erwogenen Schritt in die Selbständigkeit wagen. Er war bekannt in Düren, hatte gute Ideen und kannte einflussreiche Leute. Er würde schon über die Runden kommen, da war Bahn zuversichtlich. Sorgen bereiteten ihm allenfalls Gisela und seine Beziehung zu ihr. Konnte er mit ihr oder würde sie mit ihm eine gemeinsame, un-gewisse Zukunft planen?

Aber nach guter Bundeswehrmanier gab er sich den Rat, erst einmal über seine Entscheidung zu schlafen. Taschen wollte er nicht informieren.

Der kann mich ja fragen, wenn er was will, sagte er sich.

Bahn wollte Thea Schramm anrufen, nur um mit ihr zu reden. Als er seine Absicht der Redak-tionssekretärin mitteilte, tippte sie sich nur mit dem Fingen gegen die Stirn.

„Du tickst wohl nicht ganz sauber. Die haben eine Beerdigung zu verarbeiten."

Er merkte, dass er schon wieder so vom journa-listischen Alltag gefangen war, dass er diese Tatsache fast verdrängt hatte. Es schien doch etwas an der Behauptung dran zu sein, dass Journalisten doppelt so schnell leben. Stets mit dem Blick nach vorne, auf der Suche nach etwas Neuem war das Geschehene oft viel zu schnell wieder abgehakt.

Samstag, 9. November

Innerlich aufgewühlt lief Bahn den gesamten Vormittag über durch sein Haus. Selbst die Renovierungsarbeiten konnten ihn nicht ablenken. Alles, was er anpackte, ging schief. Die Dübel, die er einbohrte, hielten nicht im sandigen Putz. Die Steckdose, die er verdrahten wollte, brach unter seinen Fingern entzwei. Und dann kippte ihm auch noch ein Eimer mit schmutzigem Wasser um. Er verfluchte sich und seine Arbeit.

Irgendwann ging einmal das Telefon. Er ließ es klingeln. Gisela wird's schon richten, dachte sich Bahn, als es wieder still war. Er verspürte das Bedürfnis, Thea anzurufen, ohne zu wissen, warum. Doch traute er sich nicht. Die Reaktion von Fräulein Dagmar gestern hemmte ihm ebenso wie die Anwesenheit von Gisela.

Ohnehin benahm sich seine Dauerfreundin merkwürdig, war wortkarg und hielt sich von ihm fern. Von ihrer Bereitschaft, ihm beim Ausbau des Häuschens zu helfen, war nichts zu spüren. Selbst das Schmutzwasser wischte sie nicht weg, obwohl sie mitbekommen hatte, dass er ziemlich hilflos in seinem Chaos herumtalbte. Frauen, dachte sich Bahn mürrisch und schlug sich mit dem Hammer auf den Daumen bei seinem Versuch, einen Nagel in ein Kantholz zu schlagen.

Während er fluchte, kam Gisela mit dem tragbaren Telefon ins verstaubte Zimmer, das mehr einer Ruine als einem Raum glich.

„Für dich", sagte sie kurz angebunden, „eine Frau."

Thea war am anderen Ende der Leitung, wie Bahn erfreut feststellte. Sie wollte sich für seine impulsive Anteilnahme bei der Beerdigung bedanken, sagte sie.

„Du warst für Konrad ein Freund. Vielleicht können auch wir Freunde werden." Sie stockte.

„Ich brauche jemand, der zu mir hält, Helmut", ergänzte Schramms Witwe leise.

Bahn war für einen Moment sprachlos. Was meinte Thea bloß damit? Er hatte Gisela am Hals; und das reichte ihm allemal.

„Versteh' mich nicht falsch", fuhr sie verlegen fort, „ich brauche jemanden, mit dem ich ab und zu reden kann, der zu mir hält. Ich möchte nur wissen, ob ich dich anrufen kann, wenn ich einmal Hilfe brauche. Ich kann nicht immer nur meine Eltern mit meiner Situation belasten. Die haben selbst genug am Hals, mit dem sie nicht klar kommen." Konrads Tod und die Schwangerschaft würden an ihrer Substanz zehren. Da

105

brauche sie ab und zu jemandem, der ihr zuhört.

„Natürlich", versicherte Bahn schnell. Es sei ihm geradezu peinlich gewesen bei der Beerdigung, als er Taschens Verhalten miterleben musste, fügte er hinzu.

„Und die Grabbeilagen von Redaktion und Verlag war ja auch nicht gerade berauschend", meinte er. Die hätten ruhig eine größere Aufmerksamkeit zeigen können.

Aber in solchen Dingen wäre sein Brötchengeber bekanntermaßen geiziger als die Schotten.

Thea widersprach ihm vehement. Die Sachen bei der Beerdigung seien doch nur ein äußeres Zeichen gewesen. Der Zeitungs- und Zeitschriftenverlag Köln habe sich außerordentlich entgegenkommend und hilfsbereit gezeigt. „Ich habe vom Tageblatt einen Scheck über fast 25.000 Mark erhalten. Das ist wohl das Jahresgehalt, das Konrad als Volontär bekommen hätte, denke ich 'mal." Der Chefredakteur habe ihr außerdem in einem Begleitschreiben erklärt, Konrad hätte auf jeden Fall ab Januar eine einjährige Ausbildung gemacht. Der Arbeitsvertrag sei schon von der Verlagsleitung unterzeichnet gewesen, es hätte nur noch seine Unterschrift gefehlt. Die Zeitung hätte große Stücke von Konrad gehalten und ihn schon bei der personellen Planung für die Zukunft berücksichtigt.

Bahn verstand die Welt nicht mehr.

„Wie bitte?" Das konnte doch nicht sein.

„Ich denke, Taschen habe das Volontariat abgelehnt", verplapperte er sich.

Doch Thea hatte ihm wohl nicht richtig zugehört oder sie wollte ihm nicht richtig zuhören.

„Was Taschen mit Konrad am Montag besprochen hat und was der Verlag tut, sind zweierlei Dinge." Wahrscheinlich aber habe Konrad das Gespräch mit der Eminenz nicht richtig wiedergegeben.

„Wenn Konrad mir sagt, ich brauche mir keine Sorgen zu machen, dann mache ich mir auch keine Sorgen." Thea seufzte laut. „Ist ja auch egal. Ändern können wir jetzt ohnehin nichts mehr."

Bahn überlegte krampfhaft, um der Witwe etwas Aufmunterndes zu sagen. Aber es fiel ihm nichts ein. Sein Gehirn war blockiert. So beendete er das Gespräch mit dem Versprechen, Thea so oft anzurufen, wie es die Zeit zuließe.

„Und auch du kannst mich immer anrufen, wenn du willst."

Der Journalist war sich nicht schlüssig. Sollte er Theas Version über Schramms Volontariat glauben oder eine eigene Antwort suchen auf den vermeintlichen Widerspruch? Konrad hatte seiner Frau gegenüber Bedenken hinsichtlich des Volontariats angedeutet und Krupp gegenüber ausdrücklich vom Scheitern seiner erhofften Ausbildung gesprochen. Der Chefredakteur hatte hingegen wohl geschrieben, dass der Volontärsvertrag unterschriftsreif sei, fast zwei Monate vor Beginn der Ausbildung.

Bahn konnte sich den Widerspruch nur damit erklären, dass der Chefredakteur in seiner angenehmen, aber auch salbungsvollen Art der Witwe Trost aussprechen wollte und eine in Wirklichkeit nicht gegebene Zukunftsperspektive aufgezeigt hatte. Der wollte Thea damit nur sagen, welche hohe Meinung er von Schramm hatte, stellte Bahn für sich fest.

Zugleich verwunderte es ihn aber, dass sein Verlag finanziell so großzügig war. Von dieser menschlichen Seite hatte er seinen Arbeitgeber noch nicht erlebt. Das machte den Verlag gleich wieder sympathischer.

„Na, hast du deinen Telefonflirt beendet?" Gisela störte bissig seine Gedankengänge.

„Mit welcher Schnepfe hast du dich denn jetzt schon wieder verabredet?" Seine Mitbewohnerin war unverkennbar eingeschnappt.

Er habe mit Thea Schramm gesprochen, rechtfertigte sich der unruhige Bahn, der in den Jahren ihres Zusammenlebens ein Gespür dafür entwickelt hatte, wann sich wieder eine Krise zwischen ihnen beiden anbahnte.

„Wenn du glaubst, ich glaub' dir das, dann glaubst du was, das ich dir nicht glaube", meinte Gisela schnippisch. Männer, sagte sie sich und rauschte mit dem Telefon wieder ab.

Bahn versuchte, sich wieder auf seine Handwerkerarbeit zu konzentrieren. Wiederholt fluchte er, wenn sein Versuch, ein Loch im Putz zu bohren, fehlschlug und er handtellergroße Löcher verursachte. Das war wirklich kein Putz, das war der reine Sand, der durch die Tapete festgehalten worden war, schimpfte er.

Irgendwann im Laufe des Nachmittags glaubte er, erneut das Telefon zu hören. Gisela wird schon drangehen, dachte er.

So schien's auch zu sein. Denn wenig später war das Klingeln beendet. Kurz darauf knallte die Haustür. Das war immer schon Giselas Abschiedsgruß gewesen, wenn sie wütend war.

Bahn machte sich keinen weiteren Gedanken über ihren Gemütszustand und werkelte unverdrossen weiter. Plötzlich ging es zügig vorwärts, alle Dübel hielten, die Regale im Vorratsraum hingen schnell.

Wieder klingelte das Telefon. Zunächst ließ Bahn es läuten, doch blieb der Anrufer hartnäckiger als er. Schließlich machte er sich genervt auf die Suche nach dem schnurlosen Gerät, das Gisela nicht am angestammten Platz im Wohnzimmer deponiert hatte. Er fand es schließlich auf der Küchenbank.

„Ich höre", meldete er sich ungehalten.

„Tach, Helmut." Es war unverkennbar: Wolfgang Breuer, der abgewählte konservative Bürgermeister, war am anderen Ende der Leitung.

„Wat soll dat", meinte er in seiner burschikosen Art, die über seinen knallharten Geschäftsstil hinwegtäuschte, „wat wollt ihr eigentlich noch mehr?"

Bahn hatte keinen blassen Schimmer, woran er war.

„Was meinen Sie, Herr Breuer?" Es störte ihn nicht im Geringsten, dass Breuer ihn duzte. Breuer duzte halt jeden. Man kannte ihn ja als ländlich-rustikal. Es störte den Journalisten nur, dass er nicht wusste, was Breuer überhaupt wollte.

„Tu doch nicht so blöd, Helmut. Erst intrigiert ihr auf schmutzigste Weise gegen mich vor der

Wahl und schlachtet mich für eure Freunde von den Solis. Und jetzt kolportiert Ihr noch, dat wir Schramm auf dem Gewissen haben."

„Was ist?" Bahn brauchte Zeit, um sich auf den Inhalt des Telefonats konzentrieren zu können. „Was meinen Sie?"

„Tu nicht so blöd. Dat wird doch überall in Düren erzählt: Meine Partei hat den Schramm auf dem Gewissen." Breuer schnaufte wütend.

„Der Kerl hat uns verraten und kratzt dann ab. Wir haben doch nichts getan."

„Ich verstehe nicht", Bahn gab sich nicht nur ahnungslos, er war ahnungslos.

„Und ob du verstehst. Mich ärgert es ungemein, wenn ich in meiner Stammkneipe darauf angesprochen werde, dat ich ein Journalisten-Killer sei. Die erzählen, wir hätten Schramm fertiggemacht." Breuer schnaufte und wiederholte sich: „Wir haben doch nichts getan."

„Nein, Ihr habt überhaupt nichts getan. Ihr habt ihm nur angedroht, seine Berichterstattung werde Konsequenzen haben", erinnerte sich Bahn an sein Gespräch mit Krupp. „Also habt ihr doch etwas getan."

„Dat ist ja auch legitim, dat ich mich mit sauberen Mitteln gegen eine unsaubere Berichterstattung wehre. Ist doch wohl klar. Wenn der

111

mir meine Existenz kaputtmacht, dann muss ich mich wehren.“

Du armer Sack, dachte sich Bahn ohne Bedauern. Der Breuer stinkt doch vor Geld.

„Wir haben dem nur auf die Finger geklopft, aber wir haben dem doch nichts getan. Dat wollte ich dir nur sagen. Und ich will, dat du dat deinem Chef sagst.“ Breuer gab sich kumpelhaft. „Wenn wir zusammenhalten und erklären, dat wir nichts mit Schramms Tod zu tun haben, dann ist dat für alle gut.“

Bahn wusste nicht, woran er war. Doch er sah nicht ein, warum er Breuer hofieren oder als dessen Bote fungieren sollte.

„Wenn Sie etwas vom Tageblatt wollen, dann wenden Sie sich bitte an Taschen.“ Bahn erklärte sich für nicht zuständig. Soll sich doch Taschen mit Breuer ‘rumschlagen.

„Dat werde ich auch tun. Der ist heute nicht ans Telefon gegangen. Aber du weißt jedenfalls schon einmal Bescheid.“

Bahn legte das Telefon ab und kehrte zurück zu seiner Arbeit. Er verstand nicht, was Breuer überhaupt gewollt hatte.

Nur dachte er an den alten Spruch: Wer sich verteidigt, klagt sich an.

Sonntag, 10. November

Bahn war mies gelaunt, als er am Morgen zum Dienst in die Innenstadt fuhr. Gisela hatte ihm am späten Samstagnachmittag noch eine Szene gemacht wegen seines wiederholten Seitensprungs. Irgendjemand hatte sie zweimal am Samstag angerufen und ihn verpfiffen. Wer der Anrufer war, wollte Gisela nicht sagen, das sei doch nebensächlich. Sie sprach wieder einmal von Trennung; spätestens dann aber wäre für sie Feierabend, wenn er tatsächlich den Zeitungsjob kündigen würde.

„Dann hängst du hier nur rum oder schaust in der Disko nur Schnepfen nach, die dich trösten sollen, weil ich dich ja nicht verstehe. Darauf habe ich echt keinen Bock mehr, mir reicht's. Noch eine Eskapade, und du siehst mich nur noch von hinten." Dann war sie abgehauen und erst am Morgen ins Haus zurückgekehrt.

Wahrscheinlich war sie bei ihrer Mutter gewesen, vermutete Bahn. Zu ihr fuhr sie immer, wenn sie Zoff hatten.

Doch das stand für Bahn fest. Ende des Jahres würde er Schluss machen beim Tageblatt. Mit Gisela würde es sich auch wieder einrenken. Deswegen machte er sich im Moment noch die geringsten Sorgen.

Gleichwohl hatte der Streit mit seiner Dauerfreundin an seinen Nerven gezerrt. Außerdem verwirrte ihn nach wie vor die vermeintliche Diskrepanz zwischen der angeblichen Zusage des Verlages an Schramm und der vermeintlichen Absage durch die Eminenz.

Ohne Begeisterung versah Bahn seinen Redaktionsdienst. Im einfachen eins-zwei-drei-Kaminumbruch schusterte er die Aufschlagseite des Lokalteils zusammen. Es war nichts Spektakuläres passiert am Wochenende. Da waren eine Jubilar-Ehrung von Rheinbraun in Huchem-Stammeln und eine Veranstaltung des Vereins zur Förderung der Windkraft in Hürtgenwald schon die Höhepunkte.

 Auch die Kripo konnte bei ihrem Pressefrühstück nur belanglosen Kleinkram mitteilen. Gerne hätte er sich dabei mit Küpper ausgetauscht, doch musste er mit dessen Kollegen vom KK 1 vorlieb nehmen.

Es war ein typisch ruhiges Novemberwochenende, an das sich niemand mehr in ein paar Monaten erinnern würde. Bahn erschrak schon fast, als am Nachmittag das Telefon klingelte und er aus der Ruhe gerissen wurde. Das passte überhaupt nicht in die Betulichkeit. Hoffentlich war's nur Gisela und nicht irgendjemand, der ihm von einem Unfall, Brand oder anderen ungewöhnlichen Ereignis, wie etwa eine Vierlingsgeburt in einem Eifeler Kuhstall. Doch er lag mit seinen Mutmaßungen voll daneben. Der Chef vom Dienst des Tageblatts, der in der Kölner Zentralredaktion an diesem Wochenende die Lokalausgaben betreute, hatte ihn angewählt.

„Was ist denn bei Ihnen in Düren los, Herr Bahn?", hörte der Lokalredakteur Ewald Waldmann fragen. Taschen und er hätten wohl nicht das beste Verhältnis miteinander.

Bevor er antworten konnte, schob Waldmann eine zweite Bemerkung nach. Der Lokalchef habe sogar am Freitag davon gesprochen, dass Bahn beim Tageblatt kündigen werde.

„Was ist denn da dran, Herr Kollege?"

Bahn sah keinen Grund, mit seiner Meinung hinter dem Berg zu halten.

„Ich habe die Schnauze voll von diesem Intriganten. Zuerst will Taschen mich hinter meinem Rücken wippen und durch Schramm ersetzen, jetzt will er mir einen Verstoß gegen die Redaktionsrichtlinien anhängen."

Er wartete auf eine Reaktion von Waldmann, doch der schwieg, so dass sich Bahn genötigt sah, fortzufahren.

„Die Geschichte im Express haben Sie mitbekommen, Herr Waldmann?"

„Ja", bestätigte der Chef vom Dienst. „Taschen hat uns eine Kopie gefaxt und uns zugleich angekündigt, am nächsten Tag käme in dem Blatt eine weitere Meldung über sie."

Fast schon bewundernd musste Bahn über die Skrupellosigkeit seines Redaktionsleiters staunen.

„Und? Ist diese Meldung etwa erschienen?", fragte er, ahnend, welche Antwort er bekommen würde.

„Keine Ahnung", sagte Waldmann zur Bestätigung. „Wir haben hier jedenfalls nichts bekommen. Wir haben aber auch nicht nachgefragt."

Bahn klärte ihn auf, woraufhin der erstaunte Chef vom Dienst spontan sagte: „Das hat uns Taschen allerdings nicht gesagt."

„Natürlich nicht", höhnte Bahn, „da hab' ich ihm ja auch einen gewaltigen Strich durch die Rechnung gemacht." Er atmete durch: „Aber trotzdem, Herr Waldmann, ich werde wohl kündigen müssen. Das Klima hier in der Lokalredaktion ist für mich unerträglich geworden."

Waldmann warnte ihn als Freund und Kollege vor einem Schnellschuss. Bahn möge sich die Sache noch einmal überdenken und zunächst mit ihm reden, wenn er tatsächlich den Entschluss endgültig getroffen hätte.

Unvermittelt wechselte er das Thema, ohne auf Bahns Reaktion zu warten, und kam auf Schramm zu sprechen.

Ob der junge Mann tatsächlich heimlich getrunken hätte, wollte er wissen.

Bahn widersprach energisch. Eigentlich hätte fragen wollen, woher Waldmann diese Vermutung hatte oder ob er sie ausschließlich aus den Medienberichten interpretiert hätte. Aber ihm schien es wichtiger, eine eindeutige Antwort zur Ehrenrettung von Konrad zu geben.

„Der packte nur selten einen Tropfen Alkohol an. Dann musste schon Weihnachten und Ostern zusammenfallen oder so."

Jetzt war es an ihm, zu einem anderen Aspekt überzuleiten. Es sei durchaus anerkennenswert, dass der Verlag Schramms Witwe gegenüber so zuvorkommend gewesen war, ergänzte er, „auch wenn der lobhudelnde Brief des Chefredakteurs ja bloß Makulatur ist."

„Was ist los?" Bahn hörte den ärgerlichen Unterton in Waldmanns Stimme. „Was sagen Sie da?"

Es sei ja schön und gut zu schreiben, dass Schramm eine Ausbildung hätte beginnen können, erklärte Bahn. Aber wenn Taschen noch am Montag gegenüber Schramm ein Volontariat als nicht machbar hingestellt habe, müsse

117

er ja wohl davon ausgehen, dass es sich bei diesem Kondolenzschreiben aus der Chefredaktion um Makulatur handele.

„Konrad konnte sich das Volontariat an die Backe schmieren." Taschen habe behauptet, der Verlag würde einem freien Mitarbeiter aus Bergheim den Vorzug geben, schob er schnell nach.

Nun war Waldmann an der Reihe, energisch zu widersprechen.

„Sie erzählen absoluten Unfug, Herr Bahn, und ich kann nur hoffen, dass Sie diesen Unfug für sich behalten. Ich will das nicht gehört haben." Am Montagnachmittag habe die Chefredaktion noch mit Taschen über Schramm gesprochen.

„Ihr Lokalchef hat dabei nochmals die Qualifikation von Schramm betont und sich für seine Übernahme in die Redaktion stark gemacht."

„Und der Skandal bei den Dürener Konservativen mit Breuer, über den Schramm geschrieben hat, der hatte keine Auswirkungen?"

Waldmann stockte kurz. „Da gab es zwar Vorstöße und Beschwerden über Schramm. Aber die Chefredaktion hat sie entschieden zurückgewiesen. Wir hatten doch schon vorher die Sache juristisch abgecheckt. Da gab es keinen Grund, sich jetzt anders zu entscheiden. Lassen Sie es mich ausdrücklich betonen. Herr Bahn.

Für uns alle war klar, dass Schramm ab Januar bei uns als Volontär arbeiten."

Und wenn Bahn meine, Schramm könnte für ihn ein möglicher Konkurrent in der Dürener Redaktion sein, dann müsse er offensichtlich etwas völlig falsch verstanden haben, betonte Waldmann.

Oder Krupp, dachte sich Bahn, oder Schramm.

Kurze Zeit später beendete Bahn seinen Sonntagsdienst und verließ schnell die Redaktion, bevor die Mitarbeiter für den Lokalsport einfielen und alle Schreibtische und Telefone in Beschlag nahmen. Lustlos und ohne direktes Ziel lief er durch die Fußgängerzone. Zurück nach Hause wollte er noch nicht wegen Gisela, beim Stollenwerk war es brechend voll nach dem Fußballspiel von Düren 99 in der Westkampfbahn. Jetzt trafen sich Fans und Spieler im Vereinslokal zur Analyse der erfolglosen Kickerei.

So zog Bahn weiter zum Franziskaner am Hoeschplatz, seinem zweiten Stammlokal in der City. Dort stieß er auf Krupp, der alleine an der Theke saß und prompt fragte: „Kannst du mich nach Hause fahren?"

Gegen ein flüssiges Honorar willigte Bahn ein. Auch auf Krupps Bitte, zuvor noch durch die Violengasse an der Nachrichten-Redaktion vorbeizufahren, wo er seine Tasche vergessen hatte, ging Bahn mit einem zweiten Glas Kölsch bereitwillig ein.

„Erzähl' mir doch noch einmal genau, was dir Konrad über die angebliche Absage des Volontariats gesagt hat", bat er den Nachwuchsjournalisten, als sie über Nord-Düren am Landeskrankenhaus entlang in Richtung Birkesdorf unterwegs waren.

„Da gibt es nicht viel zu sagen", entgegnete Krupp, und er wiederholte sich: „Konrad hat mir gesagt, Taschen habe ihm ausdrücklich erklärt, der Verlag würde einen Bewerber aus Bergheim vorziehen. Er sei bedauerlicherweise aus dem Rennen."

Am Akazienweg kletterte Krupp aus dem Porsche und fragte neugierig: „Aber warum willst du das eigentlich so ausführlich wissen?"

„Ach, nur so", murmelte Bahn ausweichend. Schnell fuhr er wieder los, um bloß nicht in ein längeres Gespräch verwickelt zu werden. Er lenkte seinen Sportwagen zur Zollhausstraße, in der Hoffnung, Thea zu Hause anzutreffen.

Er hatte Glück. Die Frau ließ ihn bereitwillig eintreten.

„Kannst du mir 'mal den Brief des Chefredakteurs zeigen?" Bahn hielt sich nicht lange an einer Vorrede auf.

Bereitwillig und ohne nach dem Grund seiner Bitte zu fragen, holte Thea das Schriftstück aus einer Schublade, und Bahn konnte schwarz auf weiß nachlesen, was ihm Waldmann und Thea gesagt hatten.

„Darf ich diesen Brief mitnehmen. Ich möchte ihn mir gerne kopieren." Sie würde das Geld sicherlich auch bekommen, wenn sie nicht den Brief vorzeigen könnte.

„Kein Thema." Schramms Witwe nickte zustimmend.

„Hast du vielleicht noch Sachen von Konrad in der Redaktion? Ich möchte alles sammeln, was es von ihm gibt. Dann habe ich wenigstens etwas von ihm." Sie begann zu weinen und hielt sich den dicken Bauch. „Und das Baby."

Bahn versprach ihr, nachzusehen und Konrads Sachen in den nächsten Tagen vorbeizubringen. Rasch fuhr er quer durch die Stadt in die Boisdorfer Siedlung, und er war froh, dass sein Haus leer war. Gisela wäre ihm jetzt gewaltig auf den Geist gegangen. Er wollte seine Ruhe haben, schnappte sich seine Arbeitsgeräte und klopfte den bröckeligen Putz von den Wänden seines zukünftigen Arbeitszimmers.

Vielleicht brauche ich ja auch eine Sekretärin oder Mitarbeiterin, dachte sich Bahn bei der Vorstellung seines zukünftigen freien Journalistendaseins. Er nahm sich vor, Thea zu fragen, ob sie für ihn arbeiten wolle, wenn das Kind geboren war. Thea ist schon eine patente Frau, sagte er sich und pfiff dabei leise eine Melodie vor sich hin.

Erst sehr spät bemerkte es, dass es sich dabei um Schramms „So far away" handelte.

Montag, 11. November

Das hatte Bahn gerade noch gefehlt. Er lief übel gelaunt umher wie ein hungriger Zirkuslöwe in seinem kleinen Käfig und fauchte jeden an, der ihm in die Quere kam. Das fing bei dem Autofahrer an, der ihm vor der Nase den Parkplatz wegschnappte, ging weiter über den Schüler, der in fast umrannte, als er um die Hausecke bog und war noch nicht beendet, als er der Reinemachefrau in der Redaktion den Papierkorb vor die Füße schüttete. Er war schlichtweg stinksauer und konnte nicht einmal sagen, was der eigentliche Grund für seine miese Laune war. Und das ausgerechnet jetzt, am Elften im Elften. Unweigerlich begann an einem der wichtigsten Feiertage im Rheinland Punkt elf Uhr die fünfte Jahreszeit, die Zeit des Karnevals, des Frohsinns.

Bahn hatte sich in der Vergangenheit beim Tageblatt zum Spezialisten für die Narretei entwickelt, den Bazillus carnevalensis hatte er im Prinzip geerbt, waren doch seine Eltern als Tanzpaar und sogar einmal als Prinzenpaar durch den Karnevals gezogen. Nachdem die Dürener Zeitung mit ihrer karnevalistischen Kolumne ‚De Rur eropp - de Rur eraaf‘, großen Erfolg bei Lesern und Karnevalisten hatte, hatte auch das Tageblatt eine eigene Narrenecke angelegt, die von Bahn dank seiner guten Vernetzung in Düren gehegt und gepflegt wurde. Die Karnevalisten aus dem Dürener Land legten großen Wert darauf, in der Kolumne „Am Rurstrand sind die Narren völlig außer Rand und Band" möglichst oft und selbstverständlich nur positiv erwähnt zu werden.

So war es für Taschen und alle anderen Redaktionsmitglieder am Morgen bei der Terminbesprechung selbstverständlich, dass er Bahn aufforderte, über den turbulenten Karnevalsauftakt auf dem „Roten Platz", wie der Dürener Rathausplatz nach seinem Umbau im

Volksmund genannt wurde, zu berichten. Um den organisierten Frohsinn machten die auf Seriosität bedachten Redakteure am liebsten einen weiten Bogen. Niemand würde sich vordrängen und Bahn die Arbeit mit den Jecken zwischen Alkohol und Schunkelgesang freiwillig abnehmen.

Knurrend fügte sich Bahn, er wusste, was ihn erwarten würde. Heute würde Prinz Walter der erste seine närrische Regentschaft endgültig beenden, das Zepter aus der Hand legen und nur noch ein einfacher Narr sein. Ob sein Nachfolger auf dem Tollitätensessel den Erfolg haben würde, den Prinz Walter der erste zweifelsohne gehabt hatte, zweifelte Bahn an. Den Coup, den der Karnevalsprinz in Düren gelandet hatte, den würde niemand wiederholen können.

Prinz Walter würde weiterhin Herrscher aller Narren sein, schließlich war er es, der bei der Kommunalwahl vor einer Woche den Machtwechsel im Rathaus geschafft hatte. Sein zunächst auch parteiintern umstrittener Schachzug, als strahlender Karnevalsprinz Walter der erste im Jahr der Kommunalwahl zu fungieren, hatte sich für ihn eindeutig bezahlt gemacht, erkannte Bahn bewundernd an. Und Walters

Parteifreunde hatten es selbstverständlich immer schon gewusst, dass er die Wahl gewinnen würde.

„Wir halten euch nicht zum Narren", war einer der Sprüche gewesen, mit denen die Sozialliberalen in die Wahl gezogen war. Nach dem Skandal mit Breuer wenige Tage vor dem Wahlsonntag hatte der Slogan sogar noch an Bedeutung hinzugewonnen. „Breuer ist der Mann, der die Menschen zum Narren hält", war die plakative Antwort der Sozialliberalen auf das wirtschaftliche Gebaren des Bürgermeisters von der konservativen Partei gewesen.

Proppenvoll war der rote Platz, als die Karnevalisten der Prinzengarde, der Närrischen Norddürener, der Kruuschberger Funken und der Holzpoeze Jonge pünktlich um elf Uhr elf aus allen Richtungen mit allen Gruppen, Kapellen und Garden aufmarschierten.

Im schmucken Narrenherrscherkostüm in den Dürener Stadtfarben Rot und Schwarz tanzte auch der bisherige Prinz Walter umher.

„Es ist aus und vorbei mit der Narretei", krächzte er mit seiner chronisch heiseren Stimme. „Prinz Walter den ersten, den gibt's nicht mehr." Und doch gehe es weiter in Düren mit Walter dem ersten, und zwar als dem ersten Bürgermeister, den die Sozialliberalen stellten. Alles werde anders, besser, schöner. „Was ich als Herrscher aller Narren versprochen habe, werde ich als Meister aller Bürger halten!"

Ein Gedanke durchfuhr Bahn, während er mit seiner Fotokamera Bilder vom fröhlichen Trubel schoss. ‚Das war's, das musste es sein! Schramm hat sich mit Walter Walter nach unserem Stammtisch verabredet. Die Eins, die stand für Walter den ersten. So musste es gewesen sein, so konnte es nur gewesen sein.'

Diese Vorstellung nahm ihn gefangen.

Bahn tankte sich energisch durch die Schar der frohgelaunten und schunkelnden Karnevalsfreunde. Für sie waren Ausgelassenheit und die jecken Lieder allemal wichtiger als das kommunalpolitische Geschehen. Sie wollten feiern und singen und forderten eine Zugabe nach der anderen von der auf der Bühne musizierenden Gruppe, die in der Tradition der Bands aus Köln ihre eingängigen Lieder in Mundart vortrug.

Bahn hörte nicht hin, während er in die Richtung des nunmehr Ex-Prinzen und Neu-Bürgermeisters strebte, der, wie immer von seinem Dauerschatten Kurreck begleitet, von der Bühne geklettert war und zum Platzausgang strebte. Sein Auftritt war vorbei, er hatte seine Pflicht erfüllt und sein Ziel erreicht.

„He, Walter!", rief der Journalist ihm laut hinterher. „Was macht die Kunst?"

Der Politiker erkannte Bahn sofort.

„Alles in Butter, Helmut", krächzte er froh gelaunt. „Du siehst ja selbst, was hier los ist. Es ist einfach toll. Aber du weißt ja selbst, wie es ist. Wenn's am schönsten ist, soll man aufhören."

Dabei sei er froh, heute überhaupt noch in Düren angekommen zu sein, meinte er gewichtig.

„Wir sind letzte Woche zur Parteizentrale nach Berlin geflogen, wie du bestimmt weißt, und sind erst vor zwei Stunden wieder zurückgekommen. Das war verdammt knapp." Dank der guten Organisation von Kurreck habe es dann doch noch geklappt mit dem Karnevalsauftakt in Düren.

„Aber was tut man nicht alles für den Karneval", lobte sich der politische Strahlemann. Er genoss das Bad in der ausgelassenen Menschenmenge und das lobende Schulterklopfen.

Das würde passen, dachte sich Bahn. Aus der Schusslinie verschwinden, wenn es kritisch werden könnte, und dann im letzten Moment wieder auftauchen, wenn die Situation unter Kontrolle und die Gefahr gebannt war. Das war immer schon bezeichnend für Walter gewesen.

Er schoss noch einige Fotos, notierte sich einige Stichworte der Redenschwinger auf der Bühne, die sich und den Dürener Karneval in höchsten Tönen lobten, und ließ die Narren allein in ihrer Ausgelassenheit.

Kaum hatte Bahn die Redaktion betreten, da stürzte Taschen schon im Flur auf ihn zu. Bahn hatte noch nicht einmal Gelegenheit, seine Kamera und seinen Notizblock abzulegen und sich aus seiner Lederjacke zu schälen.
Massiv beschimpfte ihn der Lokalchef. Er bezeichnete es als unverschämt und unwahr, was Bahn bei Waldmann über ihn verbreitet habe.
„Das wird Konsequenzen haben", tobte er und warf Bahn einen stechenden Blick zu. „Ich schmeiße dich hochkantig hier raus!"
Soll er doch, dachte sich Bahn insgeheim. Er wollte gar nicht wissen, was Taschen konkret meinte. Der Kerl ging im mittlerweile am Arsch lang. Offensichtlich hatte zwar Waldmann schon mit dem Lokalchef telefoniert, ihm aber nicht gesagt, dass Bahn von sich aus kündigen wollte. Ganz schien Waldmann demnach Taschen auch nicht mehr zu vertrauen, was ihn zuversichtlich stimmte.

„Ich weiß gar nicht, was du von mir willst." Bahn gab sich aufreizend ruhig und ging zu seinem Schreibtisch.

„Frau Schramm hat einen Brief von der Chefredaktion erhalten und Kollege Krupp von den Nachrichten hat eine widersprechende Aussage von dir."

„Nicht von mir", schnaubte Taschen zornig, der hinter ihm her eilte. „Vom Hörensagen", stellte er klar. Er wolle den Brief an Thea Schramm sehen, forderte er mit ausgestrecktem Arm.

Bahn sah keinen Anlass, das Schreiben zurückzuhalten. Bereitwillig zog er es aus einer Innentasche seiner Lederjacke.

Nach dem Lesen der wenigen Zeilen gab sich der Lokalchef gelassen.

„Ich sehe weder einen Widerspruch noch einen Ansatz für einen Irrtum", meinte er in seiner spitzzüngigen Art. „Ich habe Schramm am Montag lediglich gesagt, er müsse sich in seinem Arbeitseinsatz noch steigern, sonst würde der Verlag eventuell einen Typen aus Bergheim vorziehen", erklärte Taschen. „Schramms Leistungen hatten nach meiner Beurteilung etwas nachgelassen. Ich wollte ihn durch diese Anmerkung doch nur motivieren und anspornen, mehr aber auch nicht." Das habe er auch Waldmann gesagt. „Aber ich habe nie davon gesprochen, dass er das Volontariat vergessen könne." Die Ausbildung habe niemals zur Disposition gestanden.

Da müsse Schramm etwas völlig falsch verstanden haben.

Auf der Stelle drehte sich Taschen um, ging in sein Zimmer und warf mit einem lauten Knall die Türe hinter sich zu, um sie sofort wieder zu öffnen.

„Was hast du mit dem Breuer ausgemacht?", schrie er Bahn über den Flur an. Seine ruhige Phase hatte keine zehn Sekunden gedauert. Schon ritt er die nächste Attacke.

Bahn blickte seinen Chef fragend an.

„Was soll ich denn mit dem gemacht haben?" Es dämmerte ihm, dass der abgewählte Bürgermeister nach ihrem Gespräch am Samstag heute schon seine Absucht in die Tat umgesetzt und mit Taschen geredet hatte.

„Du hast dem zugesagt, wir würden für ihn eine Ehrenerklärung veröffentlichen. Die kann der sich abschminken. Ich bin doch nicht sein Hampelmann. Und du mischst dich gefälligst nicht in meine Angelegenheiten ein!" Und erneut warf er krachend die Tür zu seinem Zimmer zu.

Alle in der Redaktion waren damit ausreichend gewarnt. Das Türenknallen war ein untrügliches Zeichen dafür, dass Alarmstufe eins herrschte und dementsprechend die Stimmung auf dem absoluten Tiefpunkt angelangt war.

Bahn wusste nicht, ob er grinsen sollte oder nicht. Taschen war jedenfalls angeschlagen, freute er sich. Aber ich kann ihm leider nicht beweisen, ob er die Wahrheit sagt oder lügt. Das hätte nur Schramm gekonnt.

Das Hickhack um Breuer nahm er gelassen hin. Sollte sich der Chef mit den Konservativen streiten. Ich halte mich raus, meinte er zu sich. Es hätte wenig Sinn gehabt, Taschen über den Inhalt des Telefonats mit Breuer, den er anders in Erinnerung hatte als von Taschen dargestellt, zu informieren. Der Penner glaubt mir ja sowieso nicht, sagte er sich insgeheim.

Konzentriert wandte Bahn sich der Berichterstattung über den Karnevalsauftakt zu. Es faszinierte ihn immer wieder, wie er von einem Moment auf den anderen die Aufmerksamkeit auf ein anderes Thema lenken konnte. Der Zank mit Taschen war verdrängt, spielte für die nächste Zeit keine Rolle. Jetzt galt es, im Interesse der Leser einen Artikel zu schreiben, der besser war als der der lokalen Konkurrenzblätter.

Nach seinem Dienst brachte Bahn den Brief zurück zu Thea. Auf ihre Nachfrage bekannte er, dass er sein Versprechen vergessen habe, Konrads Utensilien aus der Redaktion mitzunehmen. Sein Versäumnis war ihm peinlich. Er würde ihr die Sachen am nächsten Tag bringen, versicherte er zerknirscht.

Thea nahm's indes nicht tragisch.

„Schau' 'mal", sagte sie und zeigte auf eine kleine Anrichte im Wohnzimmer. Neben mehreren Aktenordnern, in denen sie alle Artikel von Konrad gesammelt hatte, lag dessen alte Nikon F1 und der Notizblock mit dem daran geklemmten Kugelschreiber.

„Da stehen die letzten Sätze drin, die Konrad geschrieben hat."

„Darf ich 'mal lesen?", bat Bahn neugierig und griff nach dem Block. Schnell überflog er die beiden Sätze zu Bürgermeister Walter.

„Was meint Konrad damit?", fragte er Thea, die ihm aber keine Antwort geben konnte.

„Aber die Sätze müssen doch in irgendeinem Zusammenhang zum Ausgang der Kommunalwahl stehen", mutmaßte Bahn.

Wieder zuckte Thea nur ahnungslos mit den Schultern.

„Konrad hat mit mir niemals über die Wahl gesprochen", erklärte sie. Nur einmal, vor ungefähr einem Monat habe er kurz mit ihr darüber geredet.

„Da war er wohl bei irgendeiner Pressekonferenz gewesen, über die er sich sehr geärgert hat."

Thea wusste allerdings noch nicht einmal, welche Partei damals zu dem Gespräch eingeladen hatte.

„Das hat mich alles überhaupt nicht interessiert. Es gibt wahrlich Wichtigeres im Leben", meinte sie und strich sich sinnierend über ihren Bauch.

Bahn gingen die beiden Sätze nicht aus dem Kopf, die Schramm geschrieben hatte. Gedankenversunken fuhr er von Birkesdorf nach Düren und steuerte mechanisch die Redaktion an. Ich wollte doch nach Hause, dachte er sich erschrocken. Dann ging er jedoch nach oben in die leeren Räume. Er holte die Papiere vor, die er Thea bringen wollte.

Erneut stutzte er bei dem Zitat: „Ich freue mich über den Erfolg, der ohne das Tageblatt nicht möglich gewesen wäre."

Bahn blätterte zügig durch den Band der abgehefteten Zeitungen auf der Suche nach Artikeln mit der Autorenzeile des jungen Kollegen oder des Kürzel ks. Bei Zitaten war Schramm immer übergenau gewesen, erinnerte er sich. Wenn das Zitat tatsächlich mit der Spendenaktion in Zusammenhang stand, dann würde er es auch garantiert im Blatt lesen können.

Die entsprechenden Artikel von Schramm fand Bahn, auch las er verschiedene Zitate. Doch nirgendwo fand sich auch nur ansatzweise ein Hinweis auf das Zitat, das Schramm auf der Schreibtischunterlage verewigt hatte. Es gehörte anscheinend doch nicht zu dieser Berichterstattung.

Schramm musste es demnach in einem anderen Zusammenhang notiert haben, dachte er sich. Er mühte sich weiter durch die abgelegten Zeitungen und landete bei der Ausgabe vom vergangenen Dienstag. Die Wahlnachlese war verständlicherweise das große Thema gewesen. Ein gemeinsamer Artikel, den Taschen und Schramm am Montag gemeinsam verfasst hatten, befasste sich mit dem sensationellen Wahlausgang in Düren. Konrad hatte wohl mit dem neuen Bürgermeister gesprochen, entnahm Bahn dem Artikel, der keine wörtliche Rede enthielt. Sollte das Zitat etwa von Walter sein, von Walter dem ersten?

134

Der Hauptsatz des Zitats konnte zutreffen. Doch was sollte der Nebensatz, fragte er sich, ohne eine Antwort wissen oder ahnen zu können.

Nachdenklich fuhr der Journalist nach Hause zur Kampstraße. Und wieder war er froh, dass seine Dauerfreundin Gisela immer noch nicht zurück war. Sie würde schon wiederkommen. Er machte sich deswegen überhaupt keine Sorgen.

Er setzte sich an seinen Schreibtisch in der provisorischen Arbeitsecke im Wohnzimmer und blätterte durch die Artikelsammlung, die Fräulein Dagmar für Schramm zusammengestellt hatte.

Pressekonferenz, vor einem Monat, keine Ahnung, welche Partei, das waren die Stichworte, die ihm durch den Kopf schossen und an denen er sich orientierte. Bahn durchblätterte die sorgfältig datierten Seiten.

Da war es! Endlich glaubte er fündig geworden zu sein. Schramm hatte vor nunmehr fünf Wochen an einer Pressekonferenz der damaligen sozialliberalen Oppositionspartei teilgenommen. Walter hatte eine Zwischenbilanz über den bis dahin - natürlich hervorragenden - Wahlkampf seiner Partei gezogen und von den

- natürlich - guten bis herausragenden Erfolg-saussichten für ihn und seine mitstreitenden Genossen geschwärmt.

Man werde für den gemeinsamen Erfolg arbeiten, arbeiten, arbeiten; mit allen Mitteln, die man zur Verfügung habe. Er sei Prinz Walter der erste und er wolle Bürgermeister Walter der erste werden.

Da ist er wieder, der erste, dachte sich Bahn, als er müde die Artikelsammlung zur Seite legte. Und er wurde den Gedanken nicht los, der sich nach dem Telefonat mit Breuer bei ihm festgesetzt hatte.

Wer sich verteidigt, klagt sich an.

Vielleicht war Breuer der erste in Schramms Notiz gewesen. Schließlich war Breuer ja noch offiziell erster Bürger, bis der Stadtrat bei der konstituierenden Sitzung einen neuen „Ersten" wählen würde. Oder war doch Walter gemeint? Bahn war fast auf der Couch in seinem Wohnzimmer eingenickt, als das Telefon ihn wieder wachrüttelte.

„Ich bin's, Walter", meldete sich unverkennbar der zukünftige Bürgermeister. „Helmut, kannst du mir vielleicht verraten, was das heute Morgen sollte?", krächzte er. Walter fuhr fort, ohne auf Bahns Antwort zu warten.

„Du hast mich noch nie gefragt, was los ist. Wie kommst du jetzt darauf?"

Bahn war überrascht über die Empfindsamkeit von Walter. Man hatte dem Sozialliberalen immer schon nachgesagt, er wittere die Gefahr, bevor sie überhaupt eintritt. Bahn verspürte aber wenig Lust, ihm aufzuklären.

„Lass es uns kurz machen, ich bin müde", sagte er nur und gähnte in den Hören hinein. „Wann bist du nach Berlin geflogen?"

„Am Montag gegen 15 Uhr. Meine Parteifreunde aus der Bundeszentrale wollten mich kennen lernen. Warum willst du das denn wissen?"

Es habe sich schon erledigt, meinte Bahn als nichtssagende Antwort und legte nach kurzem Gruß auf.

Seine Seifenblase war zerplatzt. Mein Gedanke in Richtung Walter der erste war wohl falsch gewesen, räumte der Journalist enttäuscht ein.

Dienstag, 12. November

Bahn hatte in der Nacht schlecht geschlafen und sich unruhig hin und her gewälzt. Und das lag nicht daran, dass Gisela immer noch nicht zu ihm zurückgekommen war.

Er machte sich Gedanken über etwas, von dem er glaubte, dass er es übersehen hatte. Es war noch etwas in der von Fräulein Dagmar für Schramm angelegten Akte gewesen. Er hatte es gespürt beim raschen Überlesen der Artikel. Aber Bahn wusste es sich nicht zu erklären. Es gab etwas, das ihn nachdenklich und unruhig gemacht und ihm den Schlaf geraubt hatte. Aber was?

Welches Geheimnis gab es in den für Schramm gesammelten Artikeln?, fragte er sich.

Den gesamten Arbeitstag über dachte Bahn über das nach, was für ihn ein Problem darstellte. Die Herstellung der Lokalseiten war ihm heute gleichgültig. Dementsprechend unkonzentriert erledigte er die Alltagsarbeit, was Taschen eine willkommene Gelegenheit bot, in scharfer Form über ihn herabwürdigend herzuziehen.

Zum Erstaunen seiner Kollegen nahm Bahn die Standpauke ausgesprochen gelassen hin: Leck mich! Es hatte schon Tage gegeben, da hatte Bahn in gleicher Form gekontert und dem Lokalchef Paroli geboten. Jetzt blieb er brav wie das Schaf, das zur Schlachtbank geführt wurde. Nur am Rande bekam er mit, dass Breuer noch einmal mit Taschen telefonierte. Nach der Lautstärke und der Wortwahl von Taschen zu urteilen, war es nicht gerade das höflichste Gespräch gewesen.

Unmotiviert saß Bahn in der Redaktion seine Stunden ab. Er wollte endlich wieder nach Hause, wollte noch einmal die Artikel über den Kommunalwahlkampf durchforsten. Es musste darin einen Hinweis geben. Dort würde er einen Schlüssel finden. Da war er sich vollkommen sicher.

Er hatte sich nicht um die Berichterstattung über den Dürener Wahlkampf gekümmert. Die Politik, das war noch nie seine journalistische Welt gewesen, die überließ er gerne den Kollegen. Zirkus, Annakirmes oder Karneval, das waren die Themen, die ihm behagten, da fühlte er sich journalistisch zu Hause und da war er anerkanntermaßen der kompetente Mann in der Redaktion. Das war sein Metier. Aus der Kommunalpolitik hielt er sich am liebsten 'raus und drückte sich, wo er konnte, wenn einmal bei der

Wahrnehmung einer Ausschusssitzung im Rathaus eine Vertretung für den üblicherweise zuständigen Berichterstatter gesucht wurde. Politik, nein danke. Politik, das ist doch nur ein schmutziges und korruptes Geschäft, sagte er sich auf der Heimfahrt.

In seiner Arbeitsecke las sich Bahn noch einmal alle Artikel in chronologischer Reihenfolge durch, durchaus froh, dass ihn die abwesende Gisela nicht stören konnte.

Wo war der Schlüssel? Wo musste er suchen?

Der erste Anlauf endete für Bahn enttäuschend. Ihm war absolut nichts aufgefallen. Doch er wollte nicht aufgeben. Noch einmal ging er Artikel für Artikel durch. Er stockte, blätterte mehrmals vor und zurück und spürte dann das Kribbeln im Nacken, das sich immer bei ihm einstellte, wenn er eine heiße Spur aufgenommen hatte.

Der Bruch in der Berichterstattung kam nach dem Artikel von Schramm über eine bilanzierende Pressekonferenz von Walter vor der Endphase des Wahlkampfes. Man werde für den Erfolg arbeiten, arbeiten, arbeiten, sagte er nach dem Bericht, und zwar mit allen Mitteln, die man zur Verfügung habe. Der Satz ging Bahn nichtmehr aus dem Kopf.

140

Es war der letzte Artikel, den Schramm über den Wahlkampf der Sozialliberalen und ihren Bürgermeisterkandidaten Walter geschrieben hatte. Nachdem Schramm bis zu diesem Zeitpunkt fast alle Termine der Genossen journalistisch betreut hatte, war damit nunmehr unvermittelt Schluss.

Noch etwas fiel Bahn auf: Taschen hatte bis zum Wahlsonntag die Berichterstattung über die Sozialliberalen übernommen. Schramm kümmerte sich nach dieser Pressekonferenz nur noch um die Exoten wie etwa die Grünen oder die Freien Wähler. Die Konservativen kamen mit ihrem Wahlkampf bis zur letzten Woche fast überhaupt nicht mehr im Dürener Tageblatt vor. In dieser Woche jedoch bekamen die bisher bestimmende Partei und vornehmlich Breuer nur noch Zunder, nachdem Schramm die Machenschaften des Bürgermeisters aufgedeckt hatte. Während er es allerdings bei einer sachlichen Schilderung des Skandals beließ, ließ Taschen kein gutes Haar an dem Bürgermeister. Das geht schon unter die Gürtellinie, kritisierte Bahn zu spät die unausgewogene Kommentierung des Lokalchefs. Das war ja schon peinlich für das Blatt, das objektiv informieren sollte.

Schließlich gab es noch eine dritte Besonderheit: Schramm hatte neutral über die Sozialliberalen berichtet und bei ihr wie auch bei den anderen Parteien im Rahmen seiner Gleichbehandlung nur die Fakten herausgestellt. Polemiken gegen die anderen Kandidaten kamen in seinen Artikeln nicht vor.

„Meine Versachlichung des Wahlkampfes gefällt nur den Kommunalpolitikern nicht, die außer Beleidigungen nicht zu sagen haben", hatte Schramm stets auf alle Vorwürfe entgegnet, die einige vermeintliche Politgrößen deswegen bei der Eminenz gegen ihn erhoben hatten. Er hatte sich nicht von seiner Linie abbringen lassen.

Taschen hingegen machte in seinen Artikeln, die fast immer von einem Bild von Walter begleitet waren, keinen Hehl aus seiner Sympathie für den Spitzenkandidaten der Oppositionspartei.

Während der Zeit des Wahlkampfes war diese tendenziöse Meinungsmache Bahn gar nicht so bewusst geworden. Kein Wunder, dachte er sich. Es war ihm beim flüchtigen Überfliegen der für ihn uninteressanten Artikel überhaupt nicht aufgefallen.

Jetzt allerdings sah er den Zusammenhang klar und deutlich vor sich und er spürte, welche

Macht die Presse tatsächlich ausüben konnte. Taschen hatte augenscheinlich nach der Pressekonferenz der Sozialliberalen das Ruder übernommen und die redaktionelle Berichterstattung stramm auf den Kurs von Walter und der Sozialliberalen gebracht.

Im Nachhinein wunderte sich Bahn über Schramm. Der junge Kollege hatte offenbar kommentarlos den Stimmungswandel akzeptiert. Bahn konnte sich nicht erinnern, dass Schramm darüber jemals ein Wort verloren hätte. Vielleicht lag es ja auch daran, dass er wegen der anstehenden Volontariats keinen Streit vom Zaun brechen wollte, mutmaßte Bahn.

Er fotokopierte die Artikelsammlung und brachte sie zu Schramms Witwe. Er sagte Thea nichts von seiner Entdeckung. Bei der Fahrt nach Birkesdorf waren ihm wieder Zweifel an seiner Beobachtung gekommen. Vielleicht bilde ich mir das ja auch alles nur ein, sagt er sich.

„Kannst du mir noch einmal Konrads Notizblock geben", bat er die Witwe. Er war sich einfach nicht schlüssig.

Beim Lesen fiel es ihm wie Schuppen von den Augen: „Und nicht ganz unschuldig an diesem Machtwechsel ist die 'lahme Schwester'."

Natürlich: die lahme Schwester, damit war eindeutig das Dürener Tageblatt gemeint!

So wurde die traditionsreiche, ursprünglich bürgerlich ausgerichtete Lokalzeitung despektierlich von den beiden Konkurrenzblättern des Zeitungsverlags Aachen und den vermeintlich fortschrittlichen Parteien genannt. Es hatte sogar Zeiten in den 50er Jahren gegeben, da wurden Sozialdemokraten und Liberale im Tageblatt überhaupt nicht erwähnt. Allerdings nahm zu der damaligen Zeit auch niemand Anstoß daran, dass beispielsweise der Redaktionsleiter der konkurrierenden DZ auch gleichzeitig Fraktionsvorsitzender der CDU im Dürener Kreistag gewesen war.

Mehrere Gedanken schwirrten Bahn durch den Kopf. Was hatte Schramm bloß damit gemeint, als er das Tageblatt mitverantwortlich machte für Walters Sieg? Auch das eingekreiste Zitat auf Schramms Schreibunterlage hatte jetzt auf einmal seine Berechtigung. Walter hatte Schramm indirekt bestätigt. Schramm hatte etwas gewusst, das bislang unbekannt war. Aber was war bloß es?

„Was ist, Helmut?", hörte er Thea neugierig fragen. „Worüber denkst du nach?"

Doch er schüttelte nur ablehnend den Kopf. Ich verrenne mich hier in etwas, sehe schon Gespenster, hielt er sich vor.

„Ach, nichts von Bedeutung", meinte er.

„Sag' 'mal", fuhr Thea fort und wechselte das Thema, „sonst hast du nichts mehr von Konrad in der Redaktion?"

Bahn wollte verneinen. Aber da fiel es ihm wieder ein. „Doch!" Er musste unweigerlich lächeln. „Ich habe in meinem Schreibtisch noch einen von Konrads berühmt-berüchtigten Hieroglyphen-Zetteln. Du weißt, die Zettel, auf denen er nur Buchstaben und Zahlen gekritzelt hat. Ich bringe ihn dir morgen auf jeden Fall vorbei", versicherte er.

Der Journalist wollte wieder gehen, doch Thea hielt ihn fest.

„Bleib' doch", bat sie und Bahn setzte sich wieder. Thea wollte erzählen über Konrad, über ihre Ehe, über sich.

Und Bahn hörte zu, weil er merkte, dass Thea einen Zuhörer brauchte in ihrer traurigen Einsamkeit.

Es war spät am Abend, als Schramms Witwe ihn schließlich gehen ließ. Sie hatte erzählt und geweint, gelacht und getrauert, und sie war froh gewesen, dass ihr jemand zugehört hatte. Bahn hatte ihr gerne zugehört und die Sorgen über ihre Zukunft mit ihr geteilt.

Thea stand mit leeren Händen da. Schramm hatte weder in die Rentenversicherung einbezahlt, noch eine Lebensversicherung abgeschlossen.

„Wir hatten doch nichts. Die Anstellung war unsere große Hoffnung", schilderte sie die finanzielle Situation. Als festangestellter Mitarbeiter eines Zeitungsverlages hätte Konrad und damit auch sie wenigstens eine Absicherung über die Presseversorgung gehabt. Aber er war halt nur freier Mitarbeiter ohne Ansprüche gewesen. Die junge Frau stand vor einer mehr als ungewissen Zukunft.

„Kannst du übrigens den Film gebrauchen, der in Konrads Kamera steckt?", fragte Thea, als Bahn sie zum Abschied in die Arme nahm.

„Er ist doch noch unbenutzt und ich kann überhaupt nicht fotografieren mit der komplizierten Kamera."

Bahn löste sich aus der von ihm als angenehm empfundenen Umarmung. Vorsichtig spulte er den Film in die Patronenhülse zurück. Es lugte nur noch ein kleiner Zipfel heraus, als er die Rückwand der Kamera öffnete und den Schwarzweißfilm entnahm.

Bahn steckte ihn in eine seiner vielen Taschen der Lederjacke zu anderen Filmen, die er für alle Fälle immer bei sich trug.

Mittwoch, 13.November

Die Stimmung in der DTB-Redaktion war über Nacht nicht besser geworden. Taschen und Bahn schwiegen sich weiterhin an. Die übrigen Kollegen zogen es vor, geflissentlich einen großen Bogen um die beiden zu machen und still ihrer Arbeit nachzugehen. Seine Anweisungen an die Redakteure gab die Eminenz nur indirekt per Haussprechanlage über Fräulein Dagmar.
Waldmann meldete sich kurz vor Mittag telefonisch im Sekretariat. Zu Fräulein Dagmars Überraschung wollte der Chef vom Dienst nicht den Redaktionsleiter sprechen, sondern Bahn. Er fragte nach, ob Bahn seine Kündigung wirklich wahr machen wollte, und machte dabei mit seinem Besorgnis ausdrückenden Tonfall deutlich, dass ihm am liebsten wäre, wenn Bahn nicht kündigen würde.

Bahn hielt sich bedeckt. Er habe bislang keine Zeit für ein Schreiben gefunden, antwortete er sachlich. Außerdem bliebe ihm noch eine Woche Zeit, um eine Kündigungsfrist einzuhalten.

Was er Waldmann nicht sagte, er brauchte diese Tage als Bedenkzeit. Seine Dauerfreundin würde er verlieren, wenn er die Brocken hinschmeißen würde. Davon musste er nach ihrer Reaktion in der letzten Zeit ausgehen. Seinen Stolz würde er verlieren, wenn er weiter unter Taschen arbeiten müsste.

Er wusste wirklich nicht, was er am besten tun sollte.

Bahn ging zum Franziskaner. Zu seinem Erstaunen stieß er dort auf Küpper, der mit einem Pils in der Hand alleine an einem Tisch saß und auf sein Mittagessen wartete.

„Immer noch auf Mördersuche, Herr Bahn?", fragte er lächelnd zur Begrüßung und bot dem Journalisten einen Platz an.

Bahn wunderte sich über den Kommissar. Das Thema war doch für die Kriminalpolizei abgehakt. Dennoch entschloss er sich, ihm von seinen Nachforschungen zu berichten. Er hatte Vertrauen zu dem Mann mit dem Bernhardinerblick, der ihm aufmerksam zuhörte. Vielleicht war es ja auch nur der Versuch, ein Gesprächsthema für die Minuten am Mittagstisch zu haben, dachte sich Bahn.

Ausführlich schilderte er die Veränderung in der Berichterstattung des Tageblatts im Kommunalwahlkampf und das übergroße Engagement von Taschen.

„Und weshalb und deshalb war die 'lahme Schwester' mitverantwortlich für den Erfolg von Walter?", fragte Küpper unvermittelt und verblüffte damit Bahn. Der Kommissar lächelte ihm an: „Ich habe diesen Satz auf dem Notizblock Ihres verstorbenen Kollegen gelesen. Kennen Sie ihn etwa nicht?"

Bahn klärte ihn bereitwillig über den Necknamen des Dürener Tageblatts auf.

„Die Bezeichnung stammt aus den Anfangsjahren des Tageblatts in Düren. Die Zeitung und die Nachrichten waren schon längst etabliert, als wir von Köln aus nach Düren kamen", erklärte er. Da blieb es nicht aus, dass das DTB immer mit den Berichten hinterherhinkte. „Die anderen hatten halt die besseren Informationsquellen und die besseren Hintergrundinformationen. Wir waren da richtig lahm."

„Man lernt halt immer noch dazu", murmelte der Polizist nachdenklich zwischen den Bissen.

„Aber was hat das mit dem bedauerlichen Unglück von Konrad Schramm zu tun?", fragte er und blickte Bahn betrübt an, während er selbst die Antwort gab: „Ich kann es Ihnen sagen: Nichts, absolut nichts."

Bahn schwieg dazu, und der Kommissar verabschiedete sich wenig später.

Während der Journalist das Mittagessen in sich hineinschob, erinnerte er sich an den Zettel, den er Thea bringen wollte. Er ging langsam und lustlos zurück zur Pletzergasse und war erleichtert, dass sich Taschen schon abgeseilt hatte.

Der Lokalchef machte wieder einmal eine seiner Eifeltouren auf dem Rennrad, wie er der Redaktionssekretärin gesagt hatte. Zweimal, manchmal sogar dreimal in der Woche setzte sich Taschen trotz Wind und Wetter, ob Sommer oder Winter, mit dem Rad in die Eifel ab und fuhr nach Heimbach, Nideggen oder durchs Kalltal nach Simmerath.

Soll er doch, der Radfahrer, dachte sich Bahn, während er Schramms Notizzettel aus seiner Schublade hervorkramte.

„4.11.20.L.24.1." Traurig lächelnd las Thea die Zeichen laut vor.

„Typisch Konrad, bloß keinen an sich 'ranlassen. Immer alles verstecken." Sie sah Bahn neugierig an.

„Weißt du etwa, was das bedeutet?"

„Zum großen Teil schon", sagte Bahn, „um 20 Uhr Redaktionsstammtisch bei Laufenberg, um 24 Uhr Begegnung mit eins." Er blickte die junge Frau an.

„Aber was eins sein soll, das kann ich dir nicht sagen."

Thea tat erstaunt: „Nein, wirklich nicht?"

Bahn schaute sie verblüfft an. „Nein, warum?"

Sie musste unwillkürlich lachen: „Du siehst aus wie ein Eisbär, der aus Versehen in der Wüste gelandet ist." Doch dann klärte sie ihn unbekümmert auf: „Eins, das steht doch für Taschen! Eins ist euer Chef, eins ist erste Lokalseite, eins ist die Nummer eins auf dem Dürener Zeitungsmarkt. Taschen war doch das große Vorbild von Konrad." Unvermittelt begann die Witwe zu weinen.

„Konrad wollte genauso ein guter und engagierter Journalist werden wie die Eins."

Bahn wurde es schwindelig. Hatte sich Schramm etwa nach dem Redaktionsstammtisch noch mit Taschen getroffen? Das konnte eigentlich nicht sein, man hatte sich doch vor dem Lokal verabschiedet und war gegangen.

Bahn erinnerte sich: Taschen wollte nach Hause gehen, Schramm lief in die Sackgasse, er selbst mit den Kollegen zum Parkplatz. Aber konnte er sicher sein, dass Schramm tatsächlich wegfahren wollte?

Vielleicht war Schramm zurückgekehrt, nachdem er und die anderen abgefahren waren.

Immer geheimnisvoll, immer alles verstecken, wiederholte Bahn für sich Theas Worte. Ja, es wäre typisch gewesen für Konrad, dass er in seinem Wagen auf die Abfahrt der anderen gewartet hätte. Und es wäre auch typisch für Schramm gewesen, dass er die Wartezeit mit Schreiben überbrückt hätte. Das hatte er oft getan, wenn er gemeinsam mit Bahn irgendwo warten musste.

In der Wartezeit hat er die beiden Sätze zu Bürgermeister Walter geschrieben, schoss es Bahn durch den Kopf. Schramm wollte bestimmt mit Taschen über Walter reden.

So musste es gewesen sein!

Thea wollte er mit seinem Wissen nicht belasten. Er hatte es eilig, nach Hause zu kommen. Mit einem leicht gehauchten Kuss auf die Stirn verabschiedete er sich von ihr.

Bevor Bahn zur Kampstraße fuhr, wollte er noch Küpper informieren. Doch in dessen Büro saß lediglich Wenzel am Schreibtisch, der ihn böse anfuhr. Er zeigte keinerlei Interesse, sich mit Bahn zu unterhalten. Er halte die Polizei nur von der Arbeit ab. Man habe Wichtigeres zu tun, als sich die Spinnereien eines Journalisten anzuhören, meinte er miesepetrig.

Du Arsch, dachte sich Bahn.

Er raste weiter zur Boisdorfer Siedlung.

Zu Hause verschanzte er sich an seinem Arbeitsplatz und blätterte durch das örtliche Telefonbuch. Er suchte sich durch die Namensliste der ‚Küpper'. Er war bereit, der Reihe nach alle Küpper anzuwählen, die in Frage kommen konnten. Doch bereits bei seinem vierten Versuch traf er auf den richtigen.

Der Kommissar war in keiner Weise ungehalten über die Störung seiner Freizeit.

„Dann brauche ich wenigstens nicht meine Mutter besuchen", suchte er nach einer positiven Seite des Anrufs von Bahn.

Schweigend hörte er sich Bahns Bericht an. Lange dachte er nach, so dass Bahn schon glaubte, er würde überhaupt nichts mehr sagen wollen.

„Ich meine, es ist wohl besser, wenn Sie Ihren Chef fragen, ob Ihre Vermutung zutrifft, Herr Bahn", sagte Küpper schließlich.

„Ich habe doch gar keine Rechtfertigung für eine Befragung. Der Tod von Schramm ist und bleibt für uns ein unerklärliches Unglück", erklärte er. „Es gibt keinen Beschuldigten, es gibt keinen Anfangsverdacht und es gibt keinen Hinweis auf ein Fremdverschulden." Es täte ihm leid, dass er ihm nicht helfen könne, meinte er mit Bedauern, und Bahn glaubte ihn.

Dennoch fand Küpper es interessant, dass ihn Bahn informiert habe. Er soll sich ruhig wieder an ihn wenden, wenn er etwas erfahren habe.

Donnerstag, 14. November

Es war noch keine sechs Uhr morgens, als das Telefon lärmend auf sich aufmerksam machte. Schlaftrunken schnappte Bahn nach dem schnurlosen Gerät auf der Ablage neben dem Bett, legte sich wieder mit geschlossenen Augen auf den Rücken und meldete sich müde. Er ahnte, was kommen würde.

„Hallo! Hier ist der liebe Gottfried", säuselte es ihm frohgelaunt entgegen.

Musste das sein, stöhnte Bahn. Seine Ahnung hatte ihn nicht getrogen. Wenn sich sein Informant Gottfried Jansen so heiter-beschwingt meldete, hieß das in aller Regel nichts Gutes. Jansen hörte wohl 24 Stunden lang an jedem Tag sämtlichen Funkverkehr aller möglichen Einrichtungen ab. Er bekam alles mit, was sich bei Polizei, Feuerwehr und Sanitätern in Düren ereignete. Gegen ein gutes Informationshonorar verkaufte Jansen sein Wissen gerne an Bahn.

Jansen änderte seine Stimmlage. Nüchtern und sachlich kamen seine präzisen Angaben: „Verkehrsunfall in Birgel, Monschauer Landstraße, Einmündung Berzbuirer Straße, mehrere Verletzte, vermutlich auch ex, RTW, Feuerwehr und Polizei am Unfallort, Rettungshubschrauber ist unterwegs."

Wieder änderte Jansen die Stimmlage. Jetzt säuselte er wieder: „Mach' was Schönes draus, Helmut." Damit war das Gespräch auch schon beendet.

Blitzartig war Bahn wach, sein Journalistenblut kam in Fahrt. Er sprang in Jeans und Pullover, schnappte sich seine Lederjacke und stürzte sich in seinen Wagen.

Es war für ihn nicht weit bis zur Unfallstelle. An der Kreuzung der Monschauer Landstraße mit der Lendersdorfer Straße zwang ihn das Rotlicht der Ampel zum Halt. Bahn griff zu seiner Kamera, nestelte in einer Jackentasche nach einem Film und spulte ihn ein. Gewohnheitsgemäß ließ er mit verschlossener Linse den Film bis zum dritten Bild durchlaufen.

Schon von weitem sah er in der morgendlichen Dunkelheit das Gewitter der blauen und gelben Blinklichter. Gleichzeitig hatte die Feuerwehr Scheinwerfer montiert, die die unmittelbare Unfallstelle grell ausleuchteten. Die Polizei leitete an der Kreuzung mit der K 27 den Autoverkehr um.

Bahn durfte allerdings anstandslos passieren. Die Beamten wussten, dass er sie mit guten Bildern vom Unfallgeschehen beliefern würde. Dies war Teil der schon vor Jahren getroffenen Vereinbarung zwischen ihnen. Bahn machte die Bilder für sie, sie ließen ihn gewähren, wobei er darauf achtete, die Rettungsarbeiten nicht zu behindern. Die Kooperation hatte immer gut funktioniert.

Mit einen Blick sah Bahn, dass ein Autofahrer beim Linkseinbiegen auf die Landstraße den vorfahrtsberechtigen Fahrer eines Wagens, der aus Richtung Gey nach Düren fahren wollte, voll erwischt hatte.

156

Bahn hielt unbekümmert drauf, er ließ den Film durch die Kamera fliegen. Er fotografierte nicht nur die Wracks, sondern auch die Opfer, die noch blutüberströmt in den Wagen hingen. Die Rettungssanitäter arbeiteten hektisch an ihnen, während die Feuerwehr versuchte, die Wagen aufzuschneiden.

Ein Fahrer musste tot sein, erkannte Bahn, als er das Unfallopfer emotionslos durch die Linse seines Fotoapparates fixierte. Genickbruch, attestierte er aus seinem Erfahrungsschatz und drückte zweimal ab.

Ein Notarzt bestätigte frank und frei Bahns Diagnose.

Der Journalist zog wieder ab. Er hatte genug gesehen. Die Bilder waren im Kasten, die ergänzenden Informationen würde er tagsüber von der Pressestelle der Polizei bekommen. Außerdem war ihm kalt. Er hatte seinen Job erledigt und fuhr durchaus zufrieden zum Frühstück nach Hause; immerhin hatte er keinen Kollegen der Konkurrenz am Unfallort erblickt.

Der Schwarzweißfilm war rasch im Fotolabor der Redaktion im Keller entwickelt. Das Negativ war gut, die Abzüge waren brauchbar. Bahn war mit seiner Ausbeute einverstanden.

Er musste grinsen, denn er hatte beim Griff in die Jacke Schramms Film erwischt. Er erkannte es an der leichten Veränderung des Negativs auf dem ersten Bild.

Als Bahn seine Unfallbilder Taschen vorlegte, blaffte ihn der Lokalchef übelgelaunt an. Er bezeichnete die Abzüge als stümperhaft. Das Beste an ihnen sei, dass sie vielleicht exklusiv waren, weil die Schnarchsäcke der anderen Zeitungen den Unfall verpennt hätten.

Über diesen plumpen Ausfall des Lokalchefs konnte sich Bahn nicht einmal mehr aufregen. Hätte Taschen ihn gelobt, dann wäre er vielleicht nervös geworden. Es wäre dann wohl das erste Mal gewesen, dass Taschen nichts zu meckern gehabt hätte. Insofern war dessen Reaktion total normal gewesen.

Erst am Nachmittag erinnerte Bahn sich wieder. Entschlossen und ohne Anklopfen öffnete er die Bürotür und trat in Taschens Zimmer, der überrascht und ungehalten den Telefonhörer auflegte.

„Hast du dich noch mit Schramm verabredet nach unserem Redaktionsstammtisch?", fragte Bahn scharf. Er war vor dem Schreibtisch stehen geblieben und schaute streng von oben auf den sitzenden Lokalchef.

Mit stechenden Augen und spitzen Lippen starrte Taschen ihn an: „Wieso fragst du?"

Bahn versuchte zu bluffen. „Schramm ist doch mit dir mitgegangen."

„So ein Blödsinn", knurrte die Eminenz. „Der wollte zwar noch mit mir reden, deshalb haben wir ja auch noch im Eingang gestanden. Das hat ja jeder gesehen, nur du Blindfisch nicht. Ich habe Schramm dann aber erklärt, er solle am Dienstag zu mir kommen."

Taschen hievte sich aus seinem Schreibtischsessel und griff nach seinem Mantel, den er auf einem Stuhl abgelegt hatte.

„So war es, Herr Kollege. So und nicht anders."

Taschen ließ seinen Kollegen grußlos stehen und ging. Wahrscheinlich nach Laufenberg einen schlucken, spöttelte Bahn.

Er setzte sich an seinen Arbeitsplatz, als von Fräulein Dagmar ein Telefongespräch für ihn angekündigt wurde.

Küpper meldete sich. Er wollte wissen, was denn der geheimnisvolle Termin zwischen Taschen und Schramm ergeben habe.

„Nichts", gab Bahn zerknirscht zu, „Schramm wollte zwar, aber Taschen nicht."

„Das sagt Taschen?"

„Ja." Bahn war verdutzt über diese Fragestellung. „Wer sollte es denn sonst gesagt haben, Herr Kommissar?"

„Ach, das war nur so dahin gesprochen", wiegelte Küpper ab, ehe er sich freundlich verabschiedete.

Bahn packte sich den Negativfilm mit den Unfallfotos. Er schnitt den Streifen in passende Stücke und schob sie in ein Archivblatt, auf dem er die notwendigen Angaben vermerkte, ehe er es in einem Ordner verstaute. Sein schon über Jahre gepflegtes Archiv hatte ihm schon so manchen Nebenverdienst gebracht, wenn etwa eine spektakuläre Unfallszene benötigt wurde oder wenn bei einem Prozess Unfallaufnahmen gesucht wurden, die als Beweise dienen konnten. Dadurch hatte er schon einigen Unfallopfern in Schadensersatzprozessen zum Recht verhelfen können, was nicht zu seinem finanziellen Nachteil war.

Übrig behielt er den Anfang des Films mit dem von Schramm belichteten Bild. Bahn schaute durch eine Lupe, konnte aber auf dem Negativ nur schwache Schatten erkennen. Davon war wirklich nicht einmal ein einziger für eine Veröffentlichung brauchbarer Abzug zu machen. Das war wieder typisch Konrad gewesen, schmunzelte Bahn, den Auslöser nicht gesichert und dann aus Versehen darauf gedrückt, weil er die fallende Kamera aufschnappen wollte.

Schramms letztes Bild, sagte sich Bahn melancholisch. Eigentlich müsste ich Thea davon einen Abzug machen, nur so, aus Gefälligkeit für ihre Sammlung von Erinnerungsstücken an ihren Mann.

Bahn stiefelte ins Kellerlabor, schob das Negativ in das Belichtungsgerät und stellte die größte Blende ein. Es war etwas zu erkennen auf dem Film, schemenhaft zwar nur, aber es war etwas auf dem Film. Na klar, Stadthalle, Walters Siegesfeier, fiel es ihm wieder ein, und mit diesem Wissen glaubte er, die Halle sehen und möglicherweise Menschen erkennen zu können.

Bahn zog das Gerät bis zum Anschlag auf die größtmögliche Ausschnittvergrößerung. Typen wurden sichtbar, die Umrisse dreier Personen, die eng beieinander standen.

Da ist doch 'was zu machen. Bahn änderte seine Einschätzung. Mit hochempfindlichem Papier und einer extrem langen Belichtungszeit bei offener Blende wäre vielleicht ein Abzug möglich, der die abgelichtete Szene zumindest erahnen ließ.

Bahn entschied sich für eine zehnminütige Belichtung.

Sein tatenloses Warten, während das Fotopapier belichtet wurde, wurde nicht belohnt. Das Ergebnis dieses Versuches war enttäuschend, als Bahn das Papier in den Entwickler tauchte. Auf dem Blatt wurden nur ganz leicht Konturen nachgezeichnet, zu erkennen war nichts.

Was soll's, dachte sich Bahn, auf ein Neues, versuch' ich es halt mit 20 Minuten. Ist ja für Thea. Er freute sich schon darauf, ihr das Bild bringen zu können.

Bahn schaltete das Belichtungsgerät mit einem Blick auf seine Armbanduhr wieder ein und ging zu seinem Schreibtisch zurück, um dort die lange Wartezeit zu überbrücken.

Mit seinen Gedanken war er bei Thea, als das Telefon klingelte.

Ausgerechnet jetzt wollte ihn Gisela sprechen. Sie wollte hier und heute von ihm eine klare Entscheidung, um sich dann selbst zu entscheiden, sagte sie fordernd.

Doch Bahn wand sich, er bat um Bedenkzeit wegen seiner Kündigung und seine Freundin darum, in sein Haus zurückzukommen.

Ihr Telefonat kam zu keinem Ergebnis. Sie wollte eine klare Aussage von ihm zu seiner Zukunft, er wollte sich zu diesem Zeitpunkt nicht festlegen. „Komm zurück", bat er.

Gisela legte auf, ohne darauf zu antworten und sich zu verabschieden.

Bahn ärgerte sich über seine Bitte. Warum habe ich sie bloß zurückholen wollen, fragte er sich im Nachhinein.

Beim Blick auf seine Uhr erschrak er. Fast 30 Minuten hatte das ergebnislose Telefonat gedauert. Das Bild!

Bahn stürzte ins Labor, als käme es jetzt noch auf Sekunden an, und schaltete die Belichtung ab. Das Bild wird wohl nur schwarz sein, vermutete er, während er das Fotopapier in der Entwicklerflüssigkeit in der Schale leicht schaukelte.

Doch er täuschte sich. Wenn auch unscharf, so bildeten sich langsam zwei Figuren heraus. Immer deutlicher wurden sie in der linken Bildhälfte und in der Mitte erkennbar.

Es handelte sich dabei, so hatte es den Anschein, Walter und sein ständiger Schatten Kurreck.

Und es gab eine dritte Person! Zwar nur schräg von hinten sichtbar, aber vielleicht doch identifizierbar. Bahn atmete tief durch, als er glaubte, rechts außen auf dem Papierabzug die Umrisse von Taschen erkennen zu können.

Taschen war der dritte Mann! Der Lokalchef musste der dritte Mann auf dem Foto sein!

163

Bahn sah zwar nur einen Hinterkopf und einen angedeuteten Körper. Aber es konnte, es musste Taschen sein. Die Umrisse, die seine Statur wiedergaben und die seinen immer ein wenig leicht nach links gebeugten Kopf andeuteten, waren unverkennbar.

Das Foto war an der rechte Seite nicht besser zu entwickeln. Eindeutig zu erkennen war der Dritte nicht. Nur wer Taschen so hautnah miterlebte wie Bahn, konnte zu der Ansicht gelangen, es handelte sich um diesen Menschen. Ein Unbeteiligter käme wahrscheinlich nie auf diese Idee, musste sich Bahn eingestehen.

Der dritte Mann, so glaubte er in der Bildmitte zu erkennen, nahm aus der Hand von Walter etwas entgegen, vermutlich einen Briefumschlag. Kurreck schaute dabei interessiert und zufrieden als Beobachter zu.

Bahn schüttelte sich. Er wollte es nicht glauben. War dies das, was Schramm meinte, als er von einem Erfolg für Walter sprach, der ohne die „lahme Schwester" nicht möglich gewesen wäre? War dies das, was Walter als alle möglichen Mitteln betrachtete, die zur Verfügung stehen? Hatte Walter die Eminenz etwa geschmiert?

So muss es gewesen sein! Davon wollte Bahn überzeugt sein.

Zugleich war er verwirrt. Was soll ich tun?, fragte er sich. Was ist zu tun?

Er wollte Küpper anrufen. Doch der war nicht im Büro und auch nicht zu Hause. Vermutlich hatte er endlich einmal Zeit seine Mutter zu besuchen, schmunzelte Bahn trotz seiner Erregung.

Schramms Witwe wollte er nicht informieren. Das kann ich immer noch, sagte er sich.

Er legte ein weiteres Blatt Fotopapier in das Entwicklergerät, setzte sich in dem dunklen Raum auf einen Stuhl und dachte nach. Eine halbe Stunde später hatte er einen zweiten Abzug der unglaublichen Szene hergestellt.

Hastig räumte er das Labor auf und steckte Abzüge und Negative ein. Unruhig fuhr er nach Hause, legte sich ins Bett und versuchte zu schlafen.

Gedanken schwirrten ihm durch den Kopf, Bilder zeigten sich vor seinem Augen.

Was ist Realität, was ist Phantasie? Bahn konnte nicht mehr unterscheiden. Er fand nur schwer zu einem unruhigen Schlaf, der von skurrilen, assoziativen Träumen begleitet wurde und aus dem er mehrmals schweißgebadet aufwachte.

Er wäre froh gewesen, dabei Gisela an seiner Seite zu haben, aber er musste alleine mit den nervigen Stunden der Nacht zurechtkommen.

Freitag, 15. November

War die Stimmung in der Redaktion in den vergangenen Tagen nahezu unerträglich gewesen, so gab es jetzt einen neuen historischen Tiefstand. Die Stimmung und Anspannung von Gladiatoren, die unzulänglich geschützt und bewaffnet in das Gehege einer ausgehungerten Löwenmeute gepeitscht wurden, hätte nicht schlimmer ausfallen können. Und das lag nicht nur an der aggressiven Atmosphäre, die Bahn und Taschen verbreiteten. Die Dürener Nachrichten hatten der DZ und dem DTB einen Artikel vorgesetzt, der verdrängte, dass der schwere Verkehrsunfall vom Donnerstagmorgen exklusiv im Tageblatt bebildert war.

Einen ausgesprochenen Politskandal wollte die DN in Düren ausgegraben haben.

„Wo blieb das Geld aus der Parteikasse der Sozialliberalen?" titelten die Nachrichten bei ihrem lokalen Aufmacher. Er war bereits in den Lokalnachrichten von Radio Rur am frühen

Morgen aufgegriffen worden und hatte damit auch den DTB-Redakteure schon am Frühstückstisch den Appetit verdorben und sie in Unruhe versetzt.

Interessiert las der übernächtigte Bahn den von Krupp verfassten Bericht. Krupp schrieb von Differenzen in der Buchführung der Genossen, von fehlenden Belegen, von falschen Abbuchungen in der Parteikasse der Dürener Ortsgruppe. Krupp hatte es geschickt gemacht. Er stellte keinen Behauptungen auf, sondern ließ einen „Kenner der internen Verhältnisse bei den Sozialliberalen" berichten. Man spreche von einem fehlenden Betrag von 10.000 Mark, zitierte Krupp den ‚Genossen aus der Führungsriege'.

Insgeheim freute sich Bahn über diesen Coup der Nachrichten, auch wenn dieser Artikel gewaltig am Selbstbewusstsein des Tageblatts kratzte. Schneller, besser, immer auf der Höhe, so wollte sich das Dürener Tageblatt verkaufen. Halt eindeutig die Nummer eins sein, obwohl die Dürener Zeitung sicherlich eher dem Anspruch gerecht wurde, das größte Blatt an der Rur zu sein.

Und jetzt?

„Warum haben wir das nicht?", fragte Bahn, scheinbar mitfühlend, Taschen, der zornesrot hinter seinen Schreibtisch saß.

Der Lokalchef hatte die DN wütend in die Ecke geworfen und das eigene Blatt zerknüllt in den Papierkorb gesteckt. Taschen nahm die exklusive Berichterstattung in der Konkurrenz persönlich, für die Eminenz kam der Nachrichten-Artikel fast schon einer Majestätsbeleidigung nahe. Taschen hatte für sich stets in Anspruch genommen, die Koryphäe in der kommunalpolitischen Berichterstattung in Düren zu sein, mit Schramm als seinen Kronprinzen.

Was Taschen nicht schrieb, hatte auch nicht stattgefunden.

So einfach war die Regel, an die sich auch die Politiker zu halten hatten. Und in der Regel hielten sie sich auch daran.

„Warum haben wir das nicht?", äffte Taschen seinen Redakteur wütend nach. „Du fragst so, wie Waldmann garantiert auch gleich fragen wird."

Er erhob sich und schrie: „Warum haben wir das nicht?" Taschen funkelte Bahn an: „Ich kann dir sagen, warum wir das nicht haben. Du kümmerst dich mehr um alles Mögliche als um die Zeitung und belästigst mich mit angeblichen Gesprächen mit Schramm, statt selbst was auf die Beine zu stellen oder mir die Zeit zu geben, eigene Geschichten zu recherchieren. Aber nein, du hältst mich mit überflüssigem Scheiß von der Arbeit ab." Er ließ seinen Frust an Bahn ab.

„Du verbreitest hier ein miserables Klima, du machst die Redaktion kaputt."

Taschen blickte aus dem Fenster. „Das werde ich auch Waldmann sagen. Und jetzt raus aus meinem Zimmer. Es ist zum Kotzen mit dir!"

„Der ist kaputt, der Typ, absolut kaputt", meinte Bahn zu Fräulein Dagmar, die Taschens Schreierei natürlich mitbekommen hatte, und nun selbst interessiert und zugleich im Auftrag der Kollegen bei Bahn nachforschte.

Die kommunalpolitische Reaktion auf den Nachrichten-Artikel ließ nicht lange auf sich warten. Die Konservativen sah bereits die Stadt Düren im finanziellen Chaos versinken. Wenn die Parteikasse der Sozialliberalen schon nicht stimme, was solle das erst mit dem Dürener Etat werden?

Aber auch die Sozialliberalen meldete sich. Walter rief an und kündigte einen Leserbrief an. Er wurde nur wenig später in die Redaktion gefaxt.

In dem Beitrag gab der neue Bürgermeister in wenigen Zeilen unumwunden zu, dass ein Betrag von 10.000 Mark in den Kassenbüchern der Partei nicht verbucht sei. Das Versäumnis werde aber nachgeholt, versicherte er ausdrücklich. Während der turbulenten Wahlkampfwochen sei das Parteibüro an der Fritz-Erler-Straße wohl etwas ins Schlingern geraten und habe wegen anderer wahlentscheidender Aktivität die eigene Buchführung ein wenig in den Hintergrund gestellt. Bei den Sozialliberalen sei alles in Ordnung. Von einem Skandal könne selbstverständlich keine Rede sei.

Natürlich nicht, kommentierte Bahn zynisch für sich. Alles total normal in Düren. Es lag doch auf der Hand, die 10.000 Mark waren an Taschen geflossen.

Aber es gab niemanden, der außer ihm dieses Wissen jemals veröffentlichen würde. Denn für Bahn war es inzwischen klar geworden, dass er die Bestechung der Sozialliberalen und die Bestechlichkeit von Taschen publik machen würde.

Ich habe doch nichts mehr zu verlieren bei der Zeitung, meinte er in Hinblick auf seine zukünftige Tätigkeit als freier Journalist.

Kurzentschlossen rief Bahn bei Krupp in der Nachrichten-Redaktion an.

„Wie sicher sind deine Informationen?"

„Absolut wasserdicht", behauptete der Kollege. Da könne Bahn Gift drauf nehmen. Die 10.000 Mark stimmten bis auf den letzten Pfennig. Das hätte er übrigens auch dem Kollegen Schmitz der Dürener Zeitung gesagt.

„Der hat mich gerade vor wenigen Minuten angerufen."

„Ich weiß übrigens, wer dein Informant ist", schoss Bahn überraschend los. „Es ist Kurreck. Stimmt's?"

Krupp blieb zu lange eine Antwort schuldig. Volltreffer, sagte sich Bahn. Kurreck hieß also der Nachrichten-Informant, schloss er aus dem zu langen Schweigen seines Gesprächspartners.

Der Nachrichten-Mitarbeiter druckste herum, sprach vom Informantenschutz und Schweigepflicht. Doch Bahn hörte ihm überhaupt nicht mehr zu. Er suchte schon im Telefonbuch nach der Rufnummer von Kurreck.

Der Mann wollte zunächst nicht mit Bahn sprechen. Ob es zutreffe, dass Walter und Taschen seit der Kommunalwahl die besten Freunde seien, wollte er weder bestätigen noch dementieren. Aber, dass diese Freundschaft auf Geld gewachsen sein, dazu möchte und werde er sich nicht äußern.

171

Außerdem habe Krupp die Lappalie von 10.000 Mark viel zu hoch gespielt.

„Was sind denn schon 10.000 Mark für eine Partei, die Erfolg haben will", prahlte er.

Für einen Journalisten könnten sie aber viel sein, erwiderte Bahn.

Daraufhin bemerkte Kurreck: „Das hast du gesagt." Außerdem, so betonte er weiter, habe dieses Telefonat mit Bahn niemals stattgefunden.

Der Lokalchef hatte sich in der Zwischenzeit verabschiedet. Er habe einen Termin und käme heute nicht mehr in die Redaktion zurück. Die Arbeit für die Samstagsausgabe sei ja gemacht. Den Aufmacher mit dem Dementi von Walter und der überzogenen Berichterstattung der Nachrichten hätte er auf der ersten Lokalseite platziert.

Den Rest könnten die Kollegen auch ohne seine Unterstützung schaffen, wenn nicht, dann würden sie wohl den falschen Beruf ausüben.

Der kneift, dachte sich Bahn, der hat Schiss.

Er wollte Küpper anrufen. Der Anschluss des Kommissars war jedoch ständig besetzt. Bahn gab seine Absicht auf und machte sich an die redaktionelle Alltagsarbeit.

Doch wollte ihm das Geschehene einfach nicht aus dem Kopf gehen.

Sein Telefon klingelte. Nun wollte ihn Krupp sprechen.

„Wieso kommst du auf Kurreck?", fragte der Nachrichten-Mann nach einer kurzen Begrüßung.

Jetzt war es an Bahn, zu mauern.

„Nur so eine Vermutung, mehr nichts", versicherte er. Er spürte, dass Krupp ihm nicht glaubte. Es war ihm aber egal. Der hat doch garantiert in der Zwischenzeit schon mit dem Strategen der Sozialliberalen Kurreck gesprochen, dachte er sich.

„Sag' 'mal, Lars, Du warst doch bei der Pressekonferenz von Walter vor fast sechs Wochen, bei der auch Konrad war", wechselte Bahn das Thema.

„Das ist doch gar nicht mehr wahr", stöhnte Krupp. Im Journalistenalltag sind Termine schnell vergessen.

„Ist denn da etwas mit Schramm gewesen?" Bahn ließ nicht locker.

„Ich kann mich nicht so genau erinnern. Warte 'mal!" Krupp dachte nach.

„Doch!" Es war ihm wieder eingefallen.

„Als die offizielle PK vorbei war, hat Walter Konrad noch zu einer Tasse Kaffee eingeladen. Ja, so war's. Wir sind gegangen und Konrad hat sich mit Walter in ein Büro gesetzt."

„Und dann? Was haben die da besprochen?"

„Bin ich Jesus?" Krupp lachte kurz auf. „Alles hat mir Konrad auch nicht erzählt." Er stockte.

„Halt! Ein paar Tage später hat er mir gesagt, dass eure Eminenz ihn aus der Berichterstattung über die Kommunalwahl in Düren abgezogen habe." Krupp fuhr langsam fort. „Ich hatte mich schon gewundert, weil ich ihn bei einem Parteitermin vermisst habe." Er hatte den Faden gefunden.

„Konrad war gar nicht davon begeistert, dass Taschen ihn ausbremste. Wenn ich ehrlich bin, war ich dagegen sogar froh, dass Konrad wegblieb. Ich habe seine Artikel von meinem Chef immer als vorbildhaft vorgelegt bekommen. Aber ansonsten habe ich mir dabei nichts weiter gedacht."

Warum solltest du auch, bemerkte Bahn für sich. Langsam dämmerte es ihm. Seine Theorie, die er in der Nacht angedacht hatte, nahm deutliche Züge an. Langsam passten alle Puzzleteilchen zusammen.

Bahn fühlte, dass er die Lösung eines Geheimnisses in den Händen hielt.

Noch einmal versuchte er, Küpper zu erreichen. Aber wieder schlug sein Versuch fehl.

Auch sein Bemühen, Thea zu erreichen, blieb erfolglos. Sie war weder zu Hause, noch bei ihren Eltern zu erreichen. Bahn machte sich Sorgen um sie und ihre Zukunft. Was sollte aus Thea werden mit dem Kind, ohne Mann und zunächst ohne einen Job? Ehe ich mir als freier Journalist eine Sekretärin leisten kann, muss ich massig Zeilen geschunden haben, schätzte er seine Zukunftsperspektive realistisch ein.

Oder sollte ich doch besser beim Tageblatt bleiben, fragte er sich wankelmütig.

Samstag, 16. November

Die Nacht war lange geworden für Bahn. Gisela war zum x-ten Male zu ihm zurückgekommen, „diesmal aber wirklich zum allerletzten Mal."

Sie hatten einiges nachzuholen und lagen noch um elf Uhr im Bett, als das Telefon lärmte.

„Lass es", schnurrte Gisela, die in Bahns Armen lag. Doch er konnte dem Locken des Telefons nicht widerstehen. Schmollend drehte ihm Gisela den nackten Rücken zu, als er sich neugierig meldete.

Küpper war an der Leitung. Der Kommissar entschuldigte sich zwar für die morgendliche Störung, erinnerte aber gleichzeitig freundlich daran, dass Bahn ihn auch schon einmal privat angerufen habe.

Bahn nahm Küppers Begrüßung gelassen und auch geschmeichelt entgegen. Wann rief schon einmal ein Kriminaler bei ihm privat an?

Küpper kam schnell zur Sache: „Wissen Sie vielleicht, wo ich Taschen finden kann?"

„Zu Hause", entfuhr es Bahn, „oder im Büro. Der hat doch Wochenenddienst."

„Weder noch", erklärte der Kommissar.

„Dann", so folgerte Bahn, „ist er mit dem Rennrad unterwegs. Dann müssen Sie ihn irgendwo in der Eifel suchen."

Küpper schmunzelte am Telefon. „Diese Antwort hat mir wortwörtlich eben auch Taschens Frau gegeben." Er seufzte.

„Dann muss ich halt warten, bis er wieder auftaucht."

Was er denn mit seinem Lokalchef besprechen wollte, wollte Bahn wissen.

Aber der Kommissar hielt sich verschlossen. „Manche Sachen muss ich selber klären, Herr Bahn. Und das ist eine solche Sache", meinte er entschieden.

Ob diese Sache denn etwas mit dem Tod von Schramm zu tun habe, hakte Bahn nach.

Küpper atmete durch. „Vielleicht", antwortete er vorsichtig, „vielleicht aber auch nicht. Ich kann es Ihnen beim besten Willen nicht sagen."

‚Du kannst es mir wohl sagen, du willst es mir nur nicht sagen', dachte sich Bahn. Er überlegte, ob er Küpper vom vermeintlichen Handel zwischen den Sozialliberalen und Taschen berichten soll. Doch dann entschied er, zunächst noch zu schweigen.

Wenn du mir nichts sagst, sag' ich dir auch nichts, Herr Kommissar.

Bahn wollte nicht mehr im Bett bleiben. Er stand auf, wusch sich, zog seine Arbeitsklamotten an und werkelte in seinem Haus herum. Seinen Traum, ein eigenes Fotolabor zu haben, konnte er sich im Keller erfüllen. Neue Stromleitungen musste er legen, ein Wasseranschluss musste verändert werden, die Arbeitsplatten und Regale musste er zurechtschneiden. Er vergaß die Zeit um sich bei seiner konzentrierten Arbeit.

Gisela holte ihn am späten Nachmittag aus seinem Reich. Sie verlangte ihr Recht und schubste ihn ins Bett. Doch sie kamen nicht weit. Wieder meldete sich störend das Telefon. Gisela stöhnte und reichte Bahn das Gerät.

„Tag, Helmut!" Die krächzende Stimme war unverkennbar. Walter rief ihn an.

„Weißt du, wo ich Taschen finde?", wollte der neue Bürgermeister wissen.

Bahn rieb sich verwundert die Augen. Heute schien Taschen wohl der meistgefragte Mensch der Welt zu sein.

„Setz' dich auf ein Rennrad und fahre durch die Eifel. Vielleicht triffst du ihn ja irgendwo."
Walter verstand keinen Spaß.

„Ich will wissen, wo Taschen ist", verlangte er energisch.

„Ich weiß es nicht, Walter", blaffte Bahn zurück, „und selbst, wenn ich es wissen würde, so würde ich es dir nicht sagen." Es wurde Zeit, dem Politiker zu zeigen, wo es lang ging. Ich bin doch nicht sein Erfüllungsgehilfe, sagte sich Bahn. Und er setzte noch einen drauf: „Du hast doch deinen Supermann Kurreck. Der regelt doch alles und weiß alles."

Er legte grußlos auf und wandte sich Gisela zu, die begann, ihn auszuziehen.

Es gelang Bahn nicht, sich von ihren Reizen gefangen nehmen zu lassen. Er war unkonzentriert und ließ sie lustlos gewähren.

178

Bahn betrachtete es fast schon als Erleichterung, als wieder das Telefon klingelte.

„Das war's für heute", ärgerte sich Gisela, die ihm den Hörer zuwarf und sich aus dem Bett schwang.

„Amüsier' dich gut mit deinem Telefon, mein Liebster."

Kurreck war am anderen Ende der Leitung.

„Ich will es kurz machen, Helmut", meinte er in seiner schnellen Art. „Ich möchte mich mit dir treffen, sagen wir 18 Uhr in der Festhalle Birkesdorf."

„Moment, Moment!" Bahn verstand nicht. „Was soll das? Warum willst du mich sprechen?"

„Das will ich dir am Telefon nicht sagen. Aber wenn du nicht kommst, ...", Kurreck machte es spannend.

„Was ist, wenn ich nicht komme?" Bahn spürte ein Kribbeln in sich aufsteigen. Kurreck machte es schon geschickt. Aber ich werde dich garantiert schon wecken, mein Freund, sagte sich der Journalist.

Der Politiker schwieg, statt zu antworten.

„Okay", willigte Bahn schließlich ein. „Ich bin pünktlich da."

„Aber bitte alleine", verlangte Kurreck.

„Nur, wenn du auch alleine kommst."

Wieder drückte sich Kurreck um eine klare Antwort. „Also bis 18 Uhr", sagte er schnell und legte ohne ein weiteres Wort auf.

Bahn sprang unter die Dusche und schob Gisela sanft beiseite. „So far away" pfiff er wieder, während er sich von ihr den Rücken abschrubben ließ und seinen Gedanken nachging.

Nicht ohne Grund hatte Kurreck die Festhalle in Birkesdorf für das Treffen mit Bahn ausgesucht. Der weiß ganz genau, warum er mich nach hier lotst, sagte sich Bahn, als er mit seinem Porsche durch Düren fuhr. In dem durch Teppich- und Chemiefabriken geprägten Birkesdorf hatte Kurreck ein Heimspiel, dort war sein Wohnort und eine Hochburg der Sozialliberalen. In der Birkesdorfer Festhalle konnte er außerdem ziemlich sicher sein, dass nicht allzu viele Gäste das Gespräch mitbekommen würden. Das Restaurant der Festhalle klagte trotz der durchaus schmackhaften Küche nicht gerade über Arbeitsüberlastung.

Bahn musste grinsen, als er pünktlich auf die Minute das fast leere Restaurant betrat. Kurreck hatte einen kleinen Ecktisch im entferntesten Winkel ausgesucht. Am Nebentisch hatten sich zwei Frauen zum Essen niedergelassen. Sie redeten miteinander und hatten kein Auge für

den Sozialliberalen, der Bahn vorsichtig herbei-
winkte.

„Betrachten Sie unser Treffen als informelles
Arbeitsessen", meinte Kurreck zur Begrüßung.

Bahn hängte seine Lederjacke über den beque-
men Stuhl und musterte Kurreck. Der Genosse
schien nervös, er blinzelte unentwegt und
spielte mit den Fingern. Unruhig schaute er sich
um, als befürchte er, von irgendjemandem erkannt zu werden.

Wenn er ihn in der Öffentlichkeit förmlich
siezte, sollte wohl ein offizielles und seriöses
Gespräch stattfinden.Das kann ja heiter werden, dachte sich Bahn.

Er blickte zum Nebentisch, aber die Frauen waren intensiv in ihrem Gespräch vertieft und nahmen keine Notiz von ihm.

Die beiden gefielen Bahn und er nahm sich vor,
nach der Unterhaltung mit Kurreck an den Nebentisch zu wechseln.

„Hoffentlich dauert es nicht zu lange, ich habe
noch 'was Wichtiges vor." Bahn wollte die Ge-
sprächsleitung übernehmen, während er in die
Speisenkarte blickte. Wer fragt, der führt, sagte
er sich.

„Kurreck, was willst du von mir?" Er sah keinen
Grund für ein förmliches „Sie".

Jeder nannte Kurreck nur mit dem Familienna-
men. Das hatte sich so ergeben im Laufe der
Jahre. Bahn kannte noch nicht einmal mehr
dessen Vorname.

„Kurreck, was ist los?"

Kurreck schluckte an seinem Kölsch und wechselte wieder zum vertrauten „Du". Schließlich
gab es keinen Grund für übertriebene Vorsicht,
und die Frauen am Nebentisch tratschten über
die üblichen Themen wie Mode, Schmuck und
Frisuren.

„Was hast du gemeint, als du Walter am Nachmittag gesagt hast, ich sei der Supermann, der
alles regelt und alles weiß?"

Bahn hob die Augenbrauen. „Das stimmt doch,
oder?" Nur nicht in die passive Rolle des Ant-
wortenden drängeln lassen, sagte er sich.

Kurreck wusste nicht, ob er sich geschmeichelt
fühlen sollte.

„Ich tue nur meine Arbeit", meinte er in gespiel-
ter Bescheidenheit.

„Für deine Partei."

„Für meine Partei", bestätigte Kurreck.

„Mit allen Mitteln, die zur Verfügung stehen",
zitierte Bahn den neuen Bürgermeister.

Kurreck zuckte kurz. „Woher weißt du?"

„Das hat doch dein Spezi Walter selbst gesagt."

Bahn sah nicht ein, warum er auf diese plumpe

Frage sein Wissen preisgeben sollte. Er ließ lieber Kurreck zappeln. Sicherlich hatte Kurreck mit ihm sprechen wollen, um ihn auszufragen. Der weiß nicht, was ich weiß, aber er weiß, dass ich etwas weiß.

Bahn musste grinsen.

„Also was ist? Warum hast du mich nach hier geholt?"

„Du hast mit Krupp über mich gesprochen?" Kurreck blinzelte wieder nervös. „Warum?"

Bahn schmunzelte: „Weil du halt ein Supermann sein sollst. Aber ich bin doch überrascht, dass du das weißt." Er hatte also recht gehabt, als er die Krupp-Kurreck-Verbindung vermutet hatte. „Ach ja, ich vergaß, du bist ja der Supermann!"

Kurreck merkte, dass sich der Journalist nicht aus der Reserve locken ließ.

Der muss mir zuerst ein Zuckerplätzchen liefern, dann sage ich ihm vielleicht auch etwas, freute sich Bahn.

Er wollte Kurreck die Eröffnung erleichtern.

„Warum hast du Krupp auf das fehlende Geld in deiner Parteikasse aufmerksam gemacht?"

Kurreck schwieg. Er wartete, bis der Kellner die T-Bone-Steaks aufgetischt und sich zurückgezogen hatte.

„Auf das Thema kommen wir vielleicht später", meinte der Politiker schließlich. „Aber lass und vorne anfangen."

Er schaute Bahn frech an.

„Woher weiß wohl deine Freundin, dass du sie nach deinem Besuch im Rustica hintergangen hast? Woher weiß wohl Taschen, dass du in der Nacht einen Umweg über ein fremdes Ehebett gemacht hast? Na, woher wohl? Dreimal darfst du raten."

Bahn blieb für einen Moment die Luft weg, beinahe verschluckte er sich am Fleisch. Erstaunt fragend schaute er Kurreck an, der wie selbstverständlich fortfuhr: „Natürlich von mir. Ich weiß über euch alle Bescheid. Man kann nie genug über euch wissen und es gibt genug, die mir viel über euch sagen."

„Warum hast du mich angeschissen?", wollte Bahn interessiert wissen. Er erinnerte sich an den letzten Samstag, als das Telefon zweimal klingelte und das Gespräch von Gisela geführt wurde. Kurreck oder einer seiner Vasallen hatte da wohl mit ihr gesprochen.

„Damit du Stress hast, mein Lieber, und die Finger von anderen Dingen lässt. Das hat ja auch prima geklappt. Du bist uns jedenfalls anschließend nicht mehr aufgefallen. Deine Freundin

und Taschen haben dir ja ganz gehörig einge-
heizt."

Bahn sah das zwar anders, aber er schwieg
dazu. Der hat nicht gemerkt, dass ich hinter
Schramm, Taschen und den Sozialliberalen her
war, freute er sich. Da haben sich die Polit-
clowns zu früh zufrieden gegeben.

Dennoch erschreckte es ihn, zu wissen, was alles beobachtet wurde.

„Dann lass mal hören, was du über uns alle
weißt", sagte Bahn und nahm einem großen
Schluck aus seinem Kölschglas.

„Wer ist das eigentlich, 'euch alle'?"

„Ihr Journalisten natürlich. Wir wissen über
euch alle Bescheid", wiederholte sich Kurreck.
„Etwa über dich oder Krupp. Da gibt es keine
Geheimnisse für mich." Es gebe genug Parteifreunde und Freunde der Partei, die haarklein
alles berichteten, was die Journalisten in Düren
zu trieben. Kurreck schien sogar stolz zu sein
über sein ausgespitzeltes Wissen.

„Oder Schramm?" Bahn blickte von seinem Tel-
ler auf.

„Auch Schramm", gab Kurreck ungeniert zu.
„Das war eine komische Type. Immer distanziert und unnahbar. Das Studium geschmissen,
die Frau schwanger und dann noch finanziell total am Krückstock."

185

Bahn hörte die Alarmglocken klingeln. Das hatte doch auch Krupp gesagt. Hatte Krupp etwa Kurreck informiert oder Kurreck Krupp? Wahrscheinlich war Krupp auch nur ein Spielball im strategischen Politspiel.

„Und dann strampelt der Schramm sich als freier Mitarbeiter ab in der Hoffnung später eine Festanstellung bei der Zeitung zu bekommen. Wir haben versucht, ihm zu helfen und ein wenig unter die Arme zu greifen. Aber er wollte nicht." Kurreck zuckte mit der Schulter. „Schließlich gab es dann das Hickhack um das Volontariat. Und jetzt? Jetzt steht die Witwe da mit ihrem dicken Bauch und hat nichts."

Kurreck zeigte dabei noch nicht einmal eine Andeutung von Anteilnahme. Es war ihm egal, weil es für ihn und seine Partei nichts brachte.

„Und wie habt ihr Schramm helfen wollen?" Bahn war ärgerlich über diese oberflächliche Art. „Das habt ihr dann im kleinen Kreis mit ihm ausmachen wollen, was?"

Jetzt war Kurreck irritiert.

„Wieso?", fragte er zurück.

„Ihr habt euch doch mit ihm getroffen, so knapp fünf Wochen vor der Wahl, nach eurer Pressekonferenz. Das kannst du nicht dementieren. Ich weiß es", betonte Bahn selbstsicher.

„Ja. Du hast recht", gab Kurreck zu. „Walter hat mit ihm gesprochen und ihm eine Perspektive geboten. Ich weiß allerdings nicht genau, was." Er sei zu diesem Zeitpunkt nicht mehr bei dem Gespräch dabei gewesen, betonte er.

„Das haben die beiden unter vier Augen ausgeheckt."

Bahn ließ es bei dieser Antwort bewenden. Sie reichte ihm vollkommen, um ein weiteres Puzzlesteinchen in seine Konstruktion einfügen zu können. Kurrecks Antwort genügte ihm und passte bestens.

„Schön war ja auch die Geschichte mit den Konservativen", Kurreck musste grinsen. „Das war doch Spitze, oder?"

Bahn schüttelte sich ungläubig. „Was habt ihr denn damit zu tun?"

„Wir haben doch die Informationen Taschen gesteckt. Der hat dann den ahnungslosen Schramm auf Breuer angesetzt. Etwas Besseres konnte uns doch gar nicht passieren." Fast schon mitleidig blickte er Bahn an.

„Der Schramm war doch euer bester Mann. Wenn der recherchierte, dann stimmte die Geschichte garantiert." Mit Taschen komme er bestens aus.

„Was eure Zeitung nicht schreibt, hat auch nicht stattgefunden. Aber wir haben Taschen gesagt, was er schreiben soll", Kurreck zeigte sich souverän.

„So einfach war die Regel, an die sich Taschen gehalten hatte. Und in der Regel hat er sich auch daran gehalten."

Kurreck suchte sich einen besonderen Leckerbissen auf seinem Grillteller.

„Und besonders schön war die Demontage von Breuer vor und noch nach der Wahl. Es gibt keine größere Tratschbörse als die Kneipe." Am liebsten hätte sich Kurreck selbst lobend auf die Schulter geklopft.

„Und was ist mit Taschen, was wisst ihr über den?" Bahn war auf die Antwort gespannt. Er hatte das Besteck zur Seite gelegt und seinen Kopf auf die Hände gestützt.

„Einiges", blieb Kurreck vage und er fragte zurück: „Was hast du eigentlich gemeint mit der Freundschaft zwischen Walter und Taschen, die auf Geld gewachsen ist?"

„Weißt du es nicht?" Bahn blieb zurückhaltend.

„Nein, woher sollte ich?"

Jetzt hab' ich dich, freute sich Bahn. Es war aber noch nicht an der Zeit, vorzupreschen. „Ich dachte nur, weil doch bei euch 10.000 Mark fehlen und Taschen außerdem nur noch über Walter schreibt."

„Das hat doch überhaupt nichts miteinander zu tun", beeilte sich Kurreck mit einer Antwort. „Das Geld ist da, es ist nur buchungstechnisch nicht richtig zugeordnet worden", versicherte er. „Das kannst du mir getrost glauben."

„Du würdest es wissen, wenn es anders wäre, nicht wahr?", hakte Bahn nach.

Kurreck schluckte.

„Ich würde es wissen", sagte er bestimmt und schob sich die volle Gabel in den Mund.

„Garantiert?"

Kurreck nickte kauend.

„Garantiert!"

Wieder hatte Bahn Grund zur Freude. Freundchen, dich mache ich gleich platt, sagte er sich. Das Steak schmeckte ihm von Bissen zu Bissen besser.

„Und warum hast du auf eurer kleinen Finanzproblem aufmerksam gemacht?"

„Es gibt kein Finanzproblem, es gab eine buchungstechnische Unordnung", widersprach Kurreck. Das habe er auch Krupp gesagt, aber der habe das nicht kapiert.

„Und warum hast du überhaupt darüber gesprochen?"

„Das verstehst du sowieso nicht, Helmut." Der Politstratege meldete sich zu Wort.

„Ich musste Walter einmal klar machen, dass ich auch noch da bin. Der sollte sehen, dass ich alle Fäden in der Hand halte und mit den Fakten jonglieren kann." Kurreck gab sich offen und gelassen.

„Meine Partei hätte mich beinahe vergessen bei der Besetzung von freien Spitzenposten in der Stadtverwaltung", erklärte er ironisch und fügte unverhohlen hinzu: „Da musste ich auf mich aufmerksam machen. Der Walter hat's kapiert. Er hat mir heute den Leitungsposten der Stadtwerke angeboten."

Kurreck kaute genüsslich.

„Und Taschen soll übrigens Chef der neuen Stabsstelle für Medienbetreuung und Öffentlichkeitsarbeit bei unserem privatwirtschaftlichen Energieversorger werden. Aber das nur am Rande."

Bahn war verblüfft.

So wurde Politik gemacht? So wurden Pöstchen verteilt? Anscheinend sollte er dabei auch entsorgt werden. Taschens energische Versuche, ihn in der Redaktion madig zu machen und ihn zu einer Kündigung zu bewegen, erschienen ihm in einem anderen Licht. Man, und damit war wohl nicht nur Taschen gemeint, sondern auch so mancher politischer Strippenzieher wollte ihn nicht mehr als Journalist in Düren sehen.

Ein Grund für ihn, auf keinen Fall den Job zu kündigen.

Er wollte und er konnte es nicht glauben, was er gehört und was er daraus für sich gefolgert hatte.

„Du willst jetzt auch einen Anteil vom Kuchen, nicht wahr?", fragte Bahn.

„So ist es, du Schnelldenker", sagte Kurreck und er steckte sich vergnügt den nächsten großen Bissen in den Mund, um wenig später kauend zu bemerken: „Aber ich habe dir nie etwas gesagt. Ich würde dich verklagen, wenn du so etwas je behaupten würdest."

Ihr sagt ja nie etwas. Ihr werdet ja immer falsch verstanden. Ihr macht ja immer alles richtig, und die Leute von der Presse berichten grundsätzlich falsch. Bahn kannte die Leier der Politiker zu Genüge. Wie gut, dass ich mich da raushalte, dachte er sich.

„Sag' 'mal, warum wolltest du mich denn jetzt überhaupt sprechen?" Bahn konnte sich nicht erklären, was Kurreck eigentlich von ihm gewollt hatte.

„Ich versteh' immer noch nicht, warum ich kommen sollte?" Bahn schaute Kurreck fragend

191

an, während eine Serviererin den Tisch abräumte.

Kurreck tat gelangweilt: „Ich hatte geglaubt, du könntest mir mehr sagen. Ich dachte, du weißt mehr."

„Worüber?" Bahn hob sein Glas.

„Ach, nichts von Belang. Da du nichts weißt, brauche ich dir ja auch darüber nichts zu sagen." Kurreck gab deutlich zu verstehen, dass er das Gespräch für beendet hielt.

„Mit anderen Worten, unser Gespräch ist für die Katz', oder?", fragte Bahn.

„So ist es", antwortete Kurreck lächelnd.

„Aber nicht ganz, wir haben und doch bei einem leckeren Essen gut unterhalten. Oder bis du etwa anderer Meinung?"

Der glaubt wohl, er hat sein Ziel erreicht, dachte sich Bahn. Der glaubt wohl, ich weiß von nichts.

Der Journalist angelte nach seiner Lederjacke auf seiner Rückenlehne. Umständlich hob er die Jacke an, aus der eine Fotografie zu Boden fiel. Bahn bückte sich, nahm das Bild und blickte lächelnd Kurreck an.

„Das hätte ich doch glatt vergessen. Hier, für dich!"

Bahn übergab dem Politiker den Fotoabzug von Schramms Negativ.

„Vielleicht kannst du ja etwas damit anfangen. Ein Bild sagt ja bekanntlich mehr als tausend Worte." Er grinste: „Wenn ich dir schon nichts sagen kann, dann kann ich dir wenigstens etwas zeigen."

Kurreck wurde blass, als er das Motiv erkannte. „Du, Walter und Taschen, garniert mit einem Briefumschlag. Wetten, dass sich darin rein zufällig 10.000 deutsche Märker befinden?" Bahn setzte sich wieder auf seinen Platz und winkte die Bedienung herbei, um sich ein Kölsch zu bestellen. Das hatte er sich jetzt verdient, sagte er sich.

Kurreck ging auf Bahn Häme überhaupt nicht ein.

„Woher hast du das?"

„Es ist von Schramm." Bahn gab sich großzügig. „Du kannst den Abzug behalten. Ich hab noch mehrere davon."

Der Politiker hatte sich wieder unter Kontrolle und kam schnell zum Punkt.

„Was willst du von mir?"

Bahn tat erstaunt.

„Was ich von dir will? Ich will gar nichts von dir. Ich recherchiere nur, um die Öffentlichkeit über das Geschehen in unserem Städtchen zu informieren, und schreibe Artikel über Begebenheiten, die ich handfest beweisen kann."

„Was willst du?", wiederholte Kurreck genervt, er mochte es überhaupt nicht, wenn jemand mit ihm spielte.

„Ein Negativ ist ein handfester Beweis, oder?"

„Richtig."

„Ohne Negativ kein Beweise?"

„Richtig."

„Ohne Beweis keine Artikel?"

„Kurreck, du bist ein Schnelldenker."

„Helmut, was willst du für das Negativ?"

„Nichts."

Kurreck war verblüfft über diese Antwort. Doch er hatte zu früh Hoffnung geschöpft.

„Das Negativ gehört nicht mir", belehrte ihn Bahn, „das Negativ gehört der Witwe von Schramm. Du kannst übrigens sofort mit ihr persönlich verhandeln."

Bahn stand auf und ging zum Nebentisch.

Dort erhoben sich die beiden Frauen, die ihn zu Kurreck begleiteten.

„Darf ich vorstellen: Thea Schramm und meine werte Freundin Gisela, mit der du schon telefonisch das Vergnügen hattest."

Kurreck wurde wieder blass und zuckte vor Nervosität, während Bahn galant den beiden den Stuhl zuschob. Er war zufrieden; wie gut, dass er mit Gisela geduscht hatte und sie sich dabei einen Plan aushecken konnten. Und wie gut, dass seine Freundin sich mit Thea getroffen und sie sich ausgesprochen hatten.

„Thea, Kurreck will das Negativ von Konrad kaufen", machte Bahn unmissverständlich klar. „Was bietest du denn, Kurreck?"

„Was willst du haben, Helmut?", fragte Kurreck nervös.

Doch Bahn winkte lässig ab und wies demonstrativ auf die scheue Thea hin.

Kurreck korrigierte sich auf der Stelle. „Was haben Sie sich denn vorgestellt, Frau Schramm?", fragte er höflich.

Unsicher blickte die Schwangere Bahn an. Sie bat ihn ohne Worte um Hilfe.

„Kurreck, du hast mir gestern selbst gesagt: Was sind denn schon 10.000 Mark für eine Partei, die Erfolg haben will!" Bahn lächelte süffisant. „Also, was ist?"

„10.000 Mark also?"

„Du bist wohl doch kein Schnelldenker." Bahn schüttelte den Kopf.

„Du hast mich nicht verstanden, Kurreck. Du hast gesagt, was sind denn schon 10.000 Mark? Das bedeutet doch im Klartext, dass 10.000 Mark nichts sind für eure Erfolgspartei. Und bekanntlich ist es schwieriger, einen Erfolg zu wiederholen und zu bewahren, als ihn zum ersten Mal zu haben." Er lächelte wieder. „Vielleicht

lässt sich Thea breit schlagen, Euch die Negative für schlappe 50.000 Mark zu überlassen.
Aber das muss sie entscheiden. Ich halte mich
da raus und kann euch beiden nur Ratschläge
geben. Ich bin quasi nur ein Moderator."

Kurreck wollte protestieren, doch schnitt ihm
Bahn rigoros das Wort ab.

„Fang' bloß nicht an zu verhandeln. 50.000
Mark mache ich garantiert, wenn ich die Bilder
im Auftrage von Thea Schramm durch die Pres-
seagenturen jage. Dann habt ihr für Wochen
die Hölle auf Erden und die Journalisten aus
ganz Deutschland am Hals. Und nicht nur meine
Freunde von DZ und DN. Die drucken das Foto
garantiert. Dafür werde ich schon sorgen", kündigte er drohend an.

Bahn war sich durchaus bewusst, dass er mit einer Veröffentlichung und einer Weitergabe des
Bildes und der Informationen die Reputation
des Tageblattes und vielleicht auch aller Dürener Tageszeitungen ankratzte. Aber das nahm
er in Kauf. Er war überzeugt, dass Verlagsleitung und Chefredaktion und vor allem die Leser
sein Vorgehen billigen würden im Sinne der
Klarheit, wenn nicht sogar der Wahrheit. Er lächelte hämisch.

„Und ich kann mir gut vorstellen, dass ihr bald wieder nach Berlin fahren werdet, um euer Parteispitze zu erklären, was überhaupt passiert ist und welche krummen Dinger ihr hier in Düren gedreht habt."

Kurreck dachte kurz nach und erhob sich.

„Ich muss 'mal telefonieren", sagte er entschuldigend und verschwand schnell.

Schon wenige Minuten später kehrte der Parteifunktionär an den Tisch zurück.

„Alles klar. 50.000 Mark in bar am Montag bei Ihnen, Frau Schramm, gegen Übergabe des Negativs und Ihrer Zusage, dass kein Bild veröffentlicht wird." Er schaute die Witwe bestimmend an und wandte sich kurz an Bahn.

„Ich möchte ausdrücklich hier vor allen betonen, dass es ein Privatmann ist, der dieses Geschäft mit Ihnen macht. Meine Partei hat damit überhaupt nichts zu tun."

Kurreck hatte es auf einmal sehr eilig und verabschiedete sich frostig mit dem Hinweis, alle Getränke und Speisen seien bezahlt, selbstverständlich auch die der beiden Damen.

„Und was habe ich davon?", fragte Thea, als Bahn sie zur Zollhausstraße fuhr. Sie war verunsichert.

„Das Geld gibt mir auch nicht Konrad zurück."

„Aber das Geld gibt dir zunächst einmal für einige Monate einen finanziellen Rückhalt", versuchte Gisela, die sich auf den Notsitz des Porsches geklemmt hatte, zu trösten.

„Kannst du mir denn jetzt sagen, warum Konrad gestorben ist?", fragte Thea weiter. Sie blickte Bahn an, der den Kopf schüttelte und seinen Blick auf die Fahrbahn gerichtet hielt.

„Es war ein Unfall, Thea. Wir werden leider wohl nie erfahren, was tatsächlich geschah", betonte er. Er gab sich den Anschein, als sei er davon überzeugt, und Thea gab sich mit dieser Antwort zufrieden.

„War es wirklich ein Unfall?", fragte ihn wenig später Gisela, nachdem sie Thea an deren Wohnung abgesetzt hatten. Sie kannte Bahn zu Genüge, um zu erkennen, dass er Thea nicht unbedingt reinen Wein eingeschenkt hatte.

„Ich glaube es nicht wirklich", antwortete Bahn. „Aber das macht Konrad nicht lebendig und wird Thea nicht trösten." Für alle Fälle würde er einige Abzüge für sich behalten und er würde sich nicht scheuen, sie an die Medien zu streuen, wenn Kurreck und dessen Parteifreunde ihm einmal etwas ans Zeug flicken wollten. Politikerpack, schimpfte er für sich und ertappte sich bei dem Gedanken, anonym einen Abzug Walters Gegenspieler Breuer zukommen zu lassen.

Nachdenklich und schweigend fuhren die beiden durch das dunkle Düren. Bahn fühlte sich körperlich müde und geistig erschöpft nach den letzten beiden Wochen. Er freute sich auf sein Bett und nur auf sein Bett.

Endlich einmal ausschlafen, sagte er gähnend zu Gisela, als sie aus dem Wagen ausstiegen, und sie erfüllte ihm diesmal seinen Wunsch nach Ruhe.

Sonntag, 17. November

Das Telefon riss Bahn kurz nach acht aus allen Träumen. Hoffentlich nicht schon wieder Gottfried!

Es war nicht der Informant. Diesmal hatte ihn Waldmann unsanft geweckt: „Guten Morgen, Herr Kollege, wenn man überhaupt von einem guten Morgen sprechen kann."

Bahn merkte, dass etwas nicht stimmte. Er grunzte noch im Halbschlaf etwas Undeutliches, ehe Waldmann mit belegter Stimme fortfuhr: „Taschen ist tot!"

Kerzengerade sprang Bahn im Bett auf und erschreckte damit Gisela. „Was?", rief er entgeistert.

„Taschen ist tot", wiederholte Waldmann. Er bemühte sich um Ruhe. „Unser Kollege hatte gestern am späten Nachmittag einen Unfall mit dem Fahrrad." Taschens Frau hatte ihn vor wenigen Minuten angerufen. „Sie hat es gestern noch bei Ihnen versucht, aber Sie waren wohl nicht zu Hause."

Genauere Informationen hatte der Chef vom Dienst nicht erhalten und er kam zum eigentlichen Anliegen seines Anrufes.

„Ich weiß, es hört sich blöd an. Aber können Sie heute den Sonntagsdienst machen, Herr Bahn?"

Das war für ihn selbstverständlich; nicht aus Trauer über das Ableben von Raschen, sondern aus Pflichterfüllung gegenüber dem Verlag und den Abonnenten. Bahn willigte ein und stand auf.

„Ich muss zur Arbeit", sagte er kurz angebunden zu Gisela, die sich schlaftrunken umdrehte. Sie war es gewohnt, dass Bahn zu allen unmöglichen Zeiten „zur Arbeit musste" und wollte nicht wissen, was es mit dem Anruf noch mehr auf sich hatte.

In der Redaktion lag schon ein Fax der Polizei vor, mit dem der Unfall gemeldet worden war. Danach war am späten Nachmittag fast schon in der Dunkelheit ein Mann Ende 30 in Nideggen bergab fahrend auf der regennassen Straße zu schnell gewesen, um sein Fahrrad an einer beampelten Kreuzung noch abbremsen zu können. Der Radfahrer musste nach Zeugenaussagen bei Rot über die Straße geschossen, zu Fall gekommen und unter einen Lastwagen geraten sein. Er war auf der Stelle tot. Vermutlich hatten die Bremsen versagt.

Das war nie und nimmer ein Unfall, sagte sich Bahn. Der hat sich selbst umgebracht.

Heute ging er zum Pressefrühstück der Kriminalpolizei in der Polizeiinspektion. Der von Taschen dafür vorgesehene freie Mitarbeiter schmollte zwar, weil er wie Bahn noch nicht gefrühstückt hatte, aber fügte sich seinem Schicksal. Bahn hatte ihm ebenso wie den anderen Mitarbeitern nichts von Taschens Tod gesagt.

Im Flur der Polizeiinspektion stieß Bahn auf Küpper, der den Journalisten mit einem Handschlag grüßte. „Ich habe mir gedacht, dass Sie kommen, deshalb bin ich auch gekommen."

Der Unfalltod des Radfahrers in Nideggen war im gemeinsamen Gespräch nur eine Randnotiz.

Schön blöd, wenn man im Winter mit dem Rad durch die Eifel fährt, war der allgemeine Tenor. Küpper und Bahn schwiegen dazu.

Die Kollegen der Zeitung und der Nachrichten, der Wochenblätter, von Radio Rur sowie die Verbindungsleute zu den Boulevardblättern brachten den Unfall nicht mit Taschen in Verbindung. Sie interessierten sich mehr für eine Straßenschlacht in Nord-Düren, bei der Skins in der Nacht zum Sonntag in der vornehmlich von Türken bewohnten Josefstraße Krawall gemacht hatten. Die türkischen Mitbürger hatten sich erfolgreich zu Wehr gesetzt. Jetzt befürchtete die Polizei Randale der Skins, die sich am neuen Haus der Stadt gegenüber dem Bahnhof in den letzten Wochen einen neuen Treffpunkt geschaffen hatten. Aus diesem Thema ließe sich ein besserer Aufmacher machen als aus den Veranstaltungen vom Wochenende zwischen Karneval und Kaninchen, Kirchenchor und voradventlichem Basar.

Bahn folgte Küpper, der ihm mit einen Wink eingeladen hatte, als seine Kollegen nach dem Frühstück wieder abzogen. Der Kommissar ging mit ihm in sein Büro und bot ihm einen Platz in der Besucherecke an.

„War's wirklich ein Unfall?", fragte Bahn. „Ich kann es nicht glauben."

„Ich weiß es nicht, Herr Bahn", entgegnete der Kommissar. „Aber es gibt keine Beweise dafür, dass es kein Unfall war."

„Wissen Sie, was ich glaube, Herr Küpper?", sagte Bahn, während er nachdenklich in seiner Kaffeetasse rührte, die Küpper vor ihm auf den Tisch abgestellt hatte.

„Ich glaube, dass Taschen Schramm umgebracht hat." Er wollte seine Theorie schildern.

Doch Küpper unterbrach ihn. „Warten Sie, vielleicht habe ich ein Detail, das für Sie interessant ist. Wissen Sie, weshalb ich gestern Taschen sprechen wollte?"

Bahn forderte den Kommissar mit einem neugierigen Blick auf, ihm die Antwort zu geben.

„Taschen ist in der Nacht, in der Schramm gestorben ist, um zwei Uhr auf der Straße zum und vom Schloss Burgau gesehen worden." Küpper blickte wieder betrübt zu Bahn.

„Ich hab's leider erst am Freitagabend erfahren." Er streckte sich kurz.

„Wie Sie vielleicht wissen, wohnt meine Mutter im Altersheim an der Von-Aue-Straße. Sie war wach in der besagten Nacht und hat aus dem Fenster geschaut. Sie hat gesehen, wie ein Mann alleine in Richtung Niederau ging. Ein

Mitbewohner hat ihr dann später gesagt, gegen ein Uhr sei er durch lauten Lärm geweckt worden. Da seien zwei Männer grölend in Richtung Schloss gelaufen. Einer habe den anderen untergehakt", schilderte Küpper seine Recherche. Aber man wisse ja, wie die älteren Herrschaften sind, fügte der Bernhardiner mit einem gequälten Lächeln hinzu. „Man hört Ihnen nicht oder zu spät zu oder glaubt ihnen nicht."

„Das passt doch genau", meinte Bahn aufgeregt. Sein Puzzle war fertig geworden.

„Nach meiner Überzeugung ist die Sache so gelaufen: Nach der Pressekonferenz der Sozialliberalen hat Walter versucht, Schramm zu bestechen. 10.000 Mark hat er ihm geboten, wenn er positiv über ihn und die Sozialliberalen schreibt. Schramm hat in seiner zurückhaltenden, redlichen Art den Bestechungsversuch sofort Taschen gemeldet. Taschen hat ihn daraufhin aus dem Spiel genommen. Aber nicht etwa, um den Sozialliberalen zu zeigen, dass die Zeitung über alle Zweifel erhaben ist, und um Schramm aus der Schusslinie zu nehmen, sondern um sich selbst für das schmutzige Spiel Hofberichterstattung gegen Bares vorzuschlagen." Bahn blickte den Kommissar an, der verständnisvoll nickte.

„Schramm hat dann bei der Siegesfeier am Wahlabend gesehen, wie Walter Taschen das Schmiergeld überreichte. Am Montagmittag stellte er Taschen zur Rede. Schramm schlug vor, die Sache am Abend nach dem Redaktionsstammtisch zu besprechen. Er nahm Schramm mit nach Hause, füllte ihn dort mit Alkohol ab und brachte den Volltrunkenen statt zum Wagen zum Schloss Burgau. Ein leichter Schubser und das kalte Wasser tat den Rest."

Bahn endete und schaute den Kommissar an. Er sah keinen Grund, Küpper über das Geschäft zwischen Thea mit Kurreck aufzuklären.

„So wird es wohl gewesen sein", bestätigte Küpper. „Aber wir werden es nicht beweisen können. Und selbst wenn, wem würde es nützen."

Mit seinem Bernhardinerblick sah er Bahn an. „Für läppische 10.000 Mark muss ein junger, aufrichtiger Mensch sterben. Das ist schlimm."

Bahn ergänzte: „Es ist noch schlimmer. Für läppische 10.000 Mark tötet ein Journalist einen Kollegen, macht eine Schwangere zur Witwe und verkauft die Ehre eines ganzen Berufsstandes."

Aber Taschen war schon immer raffgierig und hinter dem Geld her gewesen, sagte sich Bahn verbittert. Dem genügte neben seinem üppigen Gehalt als Redaktionsleiter nicht nur das beachtliche Informationshonorar vom Express, er nahm auch noch die 10.000 Mark für seine Bestechung hemmungslos mit. Und wäre auch noch auf einen außertariflich besoldeten Job bei dem Energieversorger gewechselt.

Selbst aus dem eigenen Tod machte Taschen ein Geschäft, dachte er zynisch.

Denn bei einem Unfalltod zahlt das Presseversorgungswerk die doppelte Lebensversicherungssumme.

Kurt Lehmkuhl, 1952 in der Nähe von Aachen geboren, war nach seinem Jurastudium in Bonn jahrzehntelang Redakteur im Zeitungsverlag Aachen. Er ist als Journalist, Schriftsteller und Dozent für Kreatives Schreiben tätig. Neben zahlreichen Romanen hat er auch etliche Kurzgeschichten veröffentlicht und zeichnet als Herausgeber für fünf Anthologien und ein Hörbuch verantwortlich. Seine aktuellen Romane erscheinen im Gmeiner-Verlag.

Die Kriminalromane von Kurt Lehmkuhl im Gmeiner-Verlag:
Raffgier, 2008, 3. Auflage 2013, ISBN 978-3-89977-751-2.
Nürburghölle, 2009, 2. Auflage 2014, ISBN 978-3-89977-1017-8.

Dreiländermord, 2010, 5. Auflage 2019, ISBN 978-3-8392-1095-6.

Kardinalspoker, 2012, ISBN 978-3-8392-1223-5.

Printenprinz, 2013, 3. Auflage 2020, ISBN 978-3-8392-1432-9.

Fundsachen 2015, ISBN 978-3-8392-1677-4.

Kohlegier, 2016, 3. Auflage 2020, ISBN 978-3-8392-1825-9.

Weißgott, 2017, ISBN 978-3-8392-2139-6.

Marionettenspiel, 1. und 2. Auflage 2018, ISBN 978-3-8392-2231-7.

Öcher Bend-Blues, 2020, ISBN 978-3-8392-2586-8.

Ebenso erscheint im Gmeiner Verlag:
Mörderisches Aachen, Krimineller Freizeitführer, 2017, ISBN 978-3-8392-2138-9.

Als E-Books bietet der Gmeiner-Verlag folgende Romane an:
Raffgier, ISBN 978-3-89977-751-2.

Nürburghölle, ISBN 978-3-89977-1017-8.

Dreiländermord, ISBN 978-3-8392-1095-6.

Kardinalspoker, ISBN 978-3-8392-1223-5.

Begraben in Garzweiler II, ISBN 978-3-7349-9222-3.

Printenprinz, ISBN 978-3-8392-1432-9.

Tore, Tote, Tivoli, ISBN 978-3-7349-9240-7.*

Fundsachen, ISBN 978-3-8392-1677-4.

Mörderische Kaiser-Route, ISBN 978-3-7349-9376-3.*

Ein Sarg für Lennet Kann, ISBN 978-3-7349-9358-9.*

Blut klebt am Karlspreis, ISBN 978-3-7349-9346-6.*

Kohlegier, ISBN 978-3-8392-1825-9.

Tödliche Recherche, ISBN 978-3-7349-9394-7.

Tödliche Annakirmes, ISBN 978-3-7349-9396-1.

Spritzen für die Ewigkeit, ISBN 978-3-7349-9231-5.*

Vertrauen bis in den Tod, ISBN 978-3-7349-9233-9.*

Die Aachen-Mallorca-Connection, ISBN 978-3-7349-9239-1.*

Aachener Grenzgänger, ISBN 978-3-7349-9430-2.*

Ein CHIO ohne Rasputin, ISBN 978-3-7349-9434-0.*

Mallorquinische Träume, ISBN 978-3-7349-9442-5.*

Tödliches Roulette, ISBN 978-3-7349-9440-1.*

Kofferjäger, ISBN 978-3-7349-9446-3.

Mörderisches Aachen, ISBN 978-3839221389.

Weißgott, ISBN 978-3839221396.

Marionettenspiel, ISBN 978-3-8392-2231-7.
Öcher Bend-Blues, 2020, ISBN 978-3-8392-2586-8.

(* = als Druckausgabe nicht mehr erhältlich)

Als Originalausgabe:
Garudas Grüße, 2019, ISBN 978-3-7481-9123-0, auch als E-Book erhältlich.

Neuauflagen von Kriminalroman:
Begraben in Garzweiler II, 2018, ISBN 978-3-7528-2469-8 (Hardcover) und 978-3-7494-4609-4 (Paperback).
Kofferjäger, 2018, ISBN 978-3-7528-9746-3.
Tödliche Recherche, 2020, ISBN 978-3-7504-0691-9.
Tödliche Annakirmes, 2020, ISBN 978-3-7519-0656-2.

Nach den Reisen sind bisher als Buch und E-Book erschienen:
Meine Welt: Mein Vietnam, Reiseerzählungen, 2015, ISBN 978-373-865-241-3.
Meine Welt: Mein Kirgistan, Reiseerzählungen, 2016, ISBN 978-373-864-208-7.

Meine Welt: Mein Kuba, Reiseerzählungen, 2016, ISBN 978-373-865-241-3.
Meine Welt: Mein Costa Rica, Reiseerzählungen, 2019, 978-3-7504-1399-3.

Des Weiteren sind erhältlich die Anthologien:
Tödlicher Selfkant (als Herausgeber und Autor), 3. Auflage 2013, ISBN 978-3-981-29262-6.
Kunterbunter Selfkant (als Herausgeber und Autor), 2017, ISBN 978-3-981-29266-4.
Nachbarn unter sich/Buren oder elkaar (gemeinsam mit Helmut Wichlatz als Herausgeber und Autor), 2013, ISBN 978-3-981-29263-3.
Mittsommernachtstexte (gemeinsam mit Helmut Wichlatz als Herausgeber und Autor), 2015 ISBN 978-3-7386-5012-9.

Als Hörbuch liegt vor:
Das Beste aus dem Selfkant (gemeinsam mit René Wagner als Herausgeber und Autor), 2015, ISBN 978-3-981-29265-6.

Eine Geschichtensammlung trägt den Titel:
Der Manöverschaden und andere unglaubliche Katastrophen, 2018, ISBN 978-3-932483-71-4.
Als E-Book erhältlich unter ISBN 978-3-7528-9722-7.

FSC
www.fsc.org

MIX

Papier aus ver-
antwortungsvollen
Quellen
Paper from
responsible sources

FSC® C105338